文青之死

賴香吟

目錄

在幕間：一則偽評論或偽小說

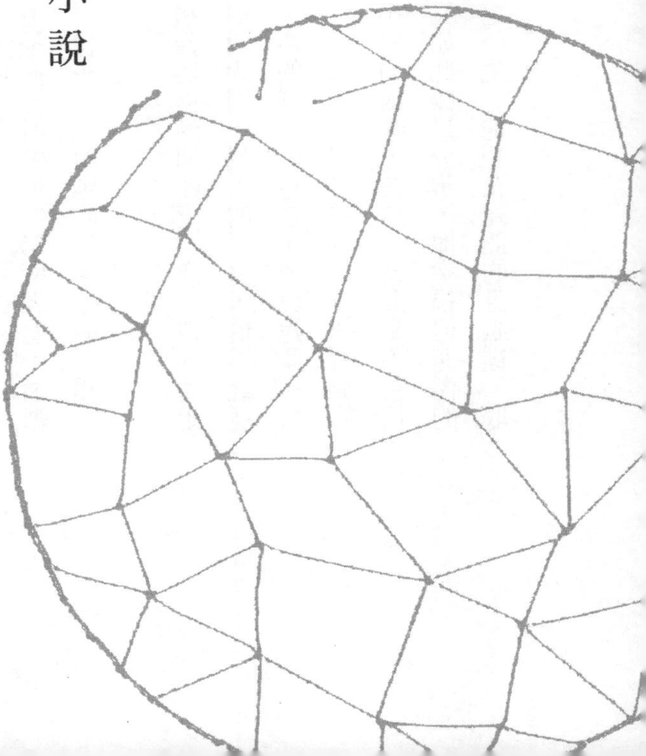

Dearest, I feel certain that I am going mad again: I feel we can't go through another of those terrible times.

——*Virginia Woolf*

當雷在一九六九年去世的時候，他看見了深愛的妻子妮亞，正在世界的另一端，等待著。他往那裡走去。妮亞應該知道是他，但她仍然無所表態；她總是這樣，過去的這一生，他們的關係，總是這樣子：他對她的現實生命至關緊要，但她卻總是讓這件事顯得無足輕重。

如同多年前的情況，他絕不能因爲她的猶豫與冷漠而改變心意。他執著走上前去，進入了她，一個新的生命即將屬於他與妮亞；過去的一生，他與妮亞沒有孕育任何新的生命，但這一刻，一個新生命的發生，包含了他與妮亞。命運的手掌重重地朝他們新生的身軀狠打了幾下，發出啼哭的聲音，一陣新鮮的空氣倏地湧進胸口，前刻雷還依戀著的孟克小屋的氣味，在這一瞬間毫不留情地被收回了。雷知覺妮亞與他同在，然而，又如此難以分辨，他幸福但悲傷的知道，他與久別的妮亞重聚了，可是，眼前這一生，他想在妮亞的身軀裡，取得愛情，恐怕將走得比前生更爲辛苦。

•

妮亞的姊姊芬妮曾對雷說：你是唯一我會想像成爲妮亞伴侶的人。他沒有把她的話當作戲言，但也沒有因之喜形於色。他想，人們總無法說出心底最自由的想法，芬妮那樣說毋寧是以人姊的立場，想要簡單保護妮亞生命於平安，要不，這個姊姊其實也和當年那個求婚的雷一樣，不見得完全理解妮亞心靈裡某些隱晦不明的地帶。

那些隱晦不明，終其一生，雷都無從確定妮亞自身究竟如何感知其存在，又如何釐清其面貌？——然而，妮亞眞正曾讓自己接近到足以去釐清其面貌的距離嗎？——拋出這個疑問的時候，雷的心中忽然簡單而清楚，可這簡單而清楚的瞬間，他也同時失去了妮亞的蹤影，他與妮亞的關係立即變得冰冷空洞，連最後一絲生活伴侶理應有的情感也不存在。

他很快把自己的思緒拉回來，反省自己這般草率斷定妮亞只是在那些隱晦不明之中誤打誤撞，不免是出於自身的嫉妒與自私，是的，在前生，這些因爲表面故作慷慨進步而不得張揚、不得追問的私我情緒，暗地裡，總在心底彷彿蟲群千萬啃噬著他。妮亞的朋友們，包括芬妮，經常覺得他嚴峻孤立，但她們可曾想過他是何以變成如此的？當妮亞以那種不解世情的眼神，一笑置之對他說，他們的婚姻關係不會因那些隱晦不明而受到任何影響，他能說什麼呢？

•

妮亞走後，雷的生活，之於世人，之於他自身，皆已無足輕重；妮亞最後那封遺書就是他們一生最後的書寫。即使在雷晚年完稿的回憶錄裡，妮亞走後的光陰，不過簡短幾個章節，相對之前有妮亞可談的記憶則不厭倦地寫了浩瀚篇章——那些青年時光，那些婚姻生活，以及那些困擾的隱晦不明之物，在此生，還會重現嗎？

與妮亞共同呼吸著新鮮的空氣，雷暗想倘若他可以預料得到生命竟有這樣奇妙的重逢方式，他希望自己不要來得那麼晚，因爲，在及時的會合裡，也許他的命運可以來得及與妮亞的生命交換些什麼，比如說，一些穩定，一些必要的世故。然而，他繼續在那個時空獨活了二十七年，而妮亞，不知在何處漂流，不知如何追想反芻她所經過的一生，以至於那些往事因而難以抹除地沉澱潛伏在靈魂的底層，隱隱召喚著她與他的新生命。

每當這新生命經歷了什麼相似於往日的線索，雷總共感到由妮亞那側傳來一種異樣的觸動。雷往往還能清晰的分辨出來，現在這個妮亞，莫名地在和往日的妮亞發生關聯，然而妮亞自身並不明白，整個漫長的童年與青少年，她連過去曾有一位妮亞都不知道。直到成年時節，有人向她展示前生妮亞所留下的相片，她動了心，不是因爲那肖像是美的，而是因爲其中一種纖弱的固執，使她感到不忍。

是的，不忍成了後來她對妮亞的一貫感情。即使現世她已經不再喜歡妮亞的文體，也不喜歡妮亞的苛刻，但她還是無法讓自己的目光從妮亞的神情移開，無法不去關注那些談論妮亞的敘述，甚至在她理解愈來愈多的時候，她開始悲傷地察覺，一種祕密的聯繫，存在於她與妮亞之間，好比那些稚氣不堪一擊的假面，那些瞬間推擠而來的焦慮，那些隱晦不明的情感——雷多麼希望它們不要再度現身於妮亞的生命，但它們還是來了，雷感到痛苦，不僅因爲妮亞的任性使他痛苦，更是因爲現今他與妮亞同在，他竟得親身感受這些他前生聽說且爲之忿忿不平的事件，更糟糕的是他和她一樣無法抗拒，也無法看得清楚。

•

雷不知道，這一生，是否還會出現另一個人，如同前生的他，沒有顯赫的貴族家世，被形容爲「身無分文」的底層人物，只能憑恃教育，以及跟著教育而來的新鮮人事，來想像自己或有一天會變成另外一種人。

在那個由畫家、文學人，以及好批評分子所組成的知識社群裡，雖然他的確經驗到許多暢快奔放的熱情，但也有些尖銳的嘲弄使他不舒服。妮亞亦在其中，她經常表現得像個知識貴族，有夠資格的出身背景，夠資格的社交特權，好像她與他之間理應只比其他人更爲遙遠而非親近。然而，出於什麼直覺，雷注意到妮亞間歇的冷漠不安，在他眼中，妮亞不比其他女子更爲美麗，但當思慮與憂愁湧上她的眉目之間，卻分外使他動心。他看見了，儘管嘴上伶牙俐齒，但在眾人風雅放縱的三角性愛之間，她卻踽踽獨行，而他是另一個獨行的人。

持續四、五年的社群友誼，雷沒有太多與妮亞獨處的記憶，當他告別朋友獨赴異國，在那如沙漠一般孤獨的七年之間，他也不曾和妮亞通過任何一封信。殖民地的原始叢林與非文明的生活，挑戰著他風雅的熱情，磨盡了他的幻覺，他意識到自己畢竟是個謹慎執著的人，往昔那群言語鏗鏘的朋友們，對他而言不再是世界的主體，不再激發他熱切的志向，要說其中還有什麼繼續使他掛念，尚未放棄的只是，妮亞。

當然彼時也有其他男子和他同樣愛慕著妮亞，但在雷的眼光裡，那多半是出於裝飾與知識上的匹配心理所做的便利選擇，他自信妮亞不會被這些因素所打動。妮亞毋寧只是與那些男士們嬉戲，可她同時也感到迷惑，爲什麼沒有更熱烈的情緒足以打動她？她也想要一個足以傾心愛慕的情人，但始終沒有什麼人碰觸到她的內心。

無論是雷，或妮亞自身，在當時，都還未能明白事物的眞相可能超出普遍的認知，即便妮亞最親密的友人黎已經向她展示了另一種情欲的可能，但她以爲那不過是別人的方式。至於雷，在後來的生命光陰裡，他意外自己當年何以萌生那樣大膽的直覺，以爲妮亞雖然表象看來與他如此不同，但她心下必有些質素是他可接近的。這股直覺，加上後來黎暗示妮亞有可能接納他，以及芬妮的認可，他懷著一股對殖民主義的反感，辭去了官僚的職務，回到妮亞身邊，拘謹地向妮亞求婚，沒有黎的機智，也沒有芬妮的豐饒。

•

在新的時代裡，雷沒有遇見芬妮，不過，與其說芬妮沒有同來此世，毋寧是近似芬妮的人擁擠得如此之多，以致雷無法辨認出來哪一個眞正値得前世的芬妮。

對妮亞而言，熱情豐滿又不失之瘋狂的芬妮，始終是她生命的燈塔，她對那股光源的依賴近乎迷戀，無暇分辨光源指引的去向是否適合於她。

然而，在守護妮亞一生之後，今世芬妮與芬妮們顯然更想專注於自己的生命，氣味相投的同儕伴侶，呼喊著她放下包袱，呼喊著揮灑與耽溺：享樂是熱的，痛苦也是熱的，知識要拿來服務生命，而非拘抑生命。這些人淋漓暢快地在雷與妮亞身邊來來去去，不過，眼前這位告別了芬妮，也告別了階級與社交的妮亞，非但不及加入前世記憶中的朋友社群，更和雷一起被推擠成了局外人，可以說他們過早地住進了前生的孟克小屋，那處稱不上美麗、還不時被朋友批評爲欠缺品味的住所。

•

妮亞是從那時開始封閉了她的靈魂？還是開始療治她的精神？無論雷或妮亞，都不能斬釘截鐵說出這個答案。他們生活平靜，不復原始也未必文明，說起來多是拘謹瑣碎的秩序，儘管他們內心亦埋藏許多激情的種子，但他卻必須冷下心來，執斧將任何一點可能引誘妮亞情緒起伏的念頭，予以生硬無趣地斬斷——妮亞的心疾比雷婚前所想像還要嚴重許多；妮亞非但自身不足以負擔激情，亦無法承擔雷向她要求激情；互相減去，而非相乘，平靜，避凶，這就是他們所將度過的日子。

婚後妮亞寫作，歷經幾次絕望與狂喜之間的擺盪，幾次劇烈的情緒危機，雷開始懂得留意妮亞的焦躁不安，也留意她的神采飛揚，因爲在燦爛亮光之後緊接而來往往即是騷動的黑暗，他必須在波浪大湧的分秒之前，不動聲色止住她，使她不致失足跌落情緒的懸崖。

至於雷自己，他將興趣轉向了政治與社會，把性格裡最後一絲使他溫柔也使他痛苦的隱密熱情加以抹滅，成了一個堅定的社會主義信徒，反帝國主義，支援勞工運動。他本無意以這些具體的理念去平衡妮亞的精神，但這巧合地對上了妮亞天性之中對權威的反感。爲討他歡心似地，妮亞加入簽名或座談，可雷知道這畢竟是不徹底的，那只能是一點點輕盈的姿勢，再往深去，妮亞的情緒又要失控，她會氣惱喊叫：爲什麼總是要拿這些政治議題來煩我呢？許多妮亞應請託寫下的文章，事後暴露了她與眾人之事的隔閡，任她態度如何認眞，如何兢兢業業思索，其批評與願景仍與現實有一段陌生的距離：有些眾人自然得見的眞相，妮亞未必看得清，同樣地，妮亞心中銅牆鐵壁的城堡，之於眾人卻可能是無用的幻象；這是一個無法克服的距離。

戰爭來了，妮亞的心神狀況變得更不穩定，整場戰爭她不知道要把自己擺在哪裡，殘酷也不是，同情也不是，於是她便徹底漠視它，絕口不提，沒有感受，沒有書寫。

看著這等模樣的妮亞，有時候，雷爲自己感到哀傷，在妮亞的書寫裡，似乎從未有他一席之地？同時他也可憐妮亞，若非槁木死灰，就是瞬間被激情燒毀，如此執硬又如此纖細薄脆，能有什麼出路？他看她深埋於自己的房間，看她形單影隻在河邊散步，他不知道她憑靠什麼？她擁有什麼？他給她買了一台簡單的印刷機器，原意只是希望排字之類的瑣碎工夫可以讓她從寫作裡分分神，舒緩一下情緒，沒想到妮亞進而愛上了印刷、出版，然後就招來了佛斯特，以及，曼殊。

•

是的，還有曼殊，也還有薇塔，雷曾經忘了她們，無意理解她們，純然將之視爲女性情誼，風雅的交際。在他與妮亞重逢的新生裡，他從頭假設不會再有她們出現；這一生，他願意貼著妮亞，或者，徹徹底底變成妮亞，等待另一個現世的雷，某個活生生的男子，來將妮亞的心帶走。他無所謂，因爲他篤定知道他不會再與妮亞分開，因爲他已經是妮亞了。

•

直到巧遇薇塔的出現，雷才明白一切仍將捲土重來。那些隱晦不明之物，終究還是來了。雷拉著妮亞快速離開，這時她已是青春年紀，但她掩飾著即將如花朵綻放的女性特質，迴避厭惡關於身體的任何暗示，低頭走路，此世沒有芬妮來給她光，也沒有朋友來給她傲慢與幽默，她只是過早找到了她的筆，像找到大海裡的一葉扁舟。不過，雷防守著，他不想回憶，也不想追溯，說得更明白些，雷連一枝筆也感到恐懼，他得提防筆下滑出文字如靈光湧現——

偏偏就有那麼一天，妮亞的筆如魔豆暴長成樹，以至於她受不住誘惑要截一段將之投向世界。她出門去寄信，遇見修長的薇塔正倚著紅色郵筒和看似情人的女子調笑。妮亞愣了幾眼，但心底很平靜，雷什麼聲音也沒聽見。妮亞接著打斷薇塔與女子的纏綿，把稿件丟進郵筒。妮亞似乎什麼都忘記了，倒是薇塔送來風媚的眼神笑了笑。那一刻，是雷先認出了她。

世人總以爲是薇塔取走了妮亞的心，但雷並不這樣想。前生妮亞與薇塔的愛慕關係，其實，並不經常使他感到危機。薇塔當然是個對手，但是，並不是那張致命的鬼牌。在雷的看法裡，薇塔的性質近似於他，雖然總是容易被激情脆弱的靈魂所吸引，但性格底子畢竟實際，是腳下踩著沃土的人。雷篤定以爲，任憑薇塔再如何愛慕妮亞，面對妮亞激情必有遲疑，因爲，觸動妮亞那如蜘蛛網的精神可非小事一樁。對薇塔而言，時時擔負妮亞的情緒，畢竟是太沉重了，再說，她還有其他妮亞未必以爲然的人間事要處理，有其他妮亞未必看得順眼的愛人要追求呢！因此，即便薇塔的確在妮亞心中占有一席之地，即便妮亞爲薇塔寫下足供世人穿鑿附會的作品，但是，撇開妮亞所說的吃味與無聊，雷並不感到恐懼，也不怎麼擔心妮亞的情緒會因爲寫那本關於薇塔的書而引發多大危險，他將之視爲一種健康的激情，往後多次讀起來，他甚至覺得那本書是妮亞少見深具人味、輕鬆愉快的作品。

•

倒是曼殊，這女子一登了場，雷竟難以將其印象自妮亞心中徹底抹去。簡直沒有道理可言；雷不免暗暗懷恨起命運來。

這女子十分苛刻地批評了妮亞的作品，指責她一味模仿前生女作家的遣詞用字，不過，也是由這批評，雷才恍然察覺什麼時候眼前時代的人們已經開始重讀前生妮亞的作品：書店裡，海報上，雷處處看見前生妮亞的少女照，作爲一種新的裝飾流行，四處張貼，過去的憂鬱以及妮亞尖薄的下巴，聯繫著現代性、意識流、女權主義，以及，隱隱約約的性別論述。雷看著這些當初妮亞珍藏但也隱藏的東西如今一點細緻也不留地被曝照於燈光下，被掛在滑淺的嘴間，並不以爲這眞正能使妮亞感到喜悅。

因著這股流行熱潮，妮亞很容易便讀到了前生妮亞的作品，雷陪著她，不確定她是否從字裡行間想起什麼，是否感到似曾相識，妮亞還年輕，未必足以懂得那些語焉不詳，關於性別、自尊、愛與憂鬱的摸索與暗示，但她的確驚訝發現，果眞如曼殊批評，有人寫過和她同樣的句子。她要怎麼解釋，完全不同的時空，毫無相涉的現實位置，的確有人心靈相近，宛如互爲靈魂的對照體。這一切，她要怎麼對曼殊解釋呢？

在妮亞後來的寫作裡，曼殊漸漸龐大起來，曼殊沒有停止過對妮亞的批評，但妮亞漸漸理解了曼殊伶牙俐齒的說辭。與其說是要陷妮亞於如何難堪的境地，毋寧是曼殊把妮亞當成了對手。她們之間宛如化學變化般，由陌生的敵人，變成了惺惺相惜的朋友。

妮亞固執細瑣，宛如剝洋蔥一般，一層又一層剝開腦內的思緒，然後被洶湧而出的辛辣氣味刺激到流淚地步，有時雷幾乎感到眼前的世界要搖搖欲墜，他不知道妮亞爲什麼執著於平凡無奇、瞬間即逝的事物，那些幾乎是人人以爲理所當然，完全不會有所詫異的秩序。相對，曼殊大氣自信，她的小說充滿豐沛的生活材料、氣味與細節，就算描繪自然景象也是從生活窗口所看出去的風景，活生生的口語，好像她活生生觸摸著那些人的體溫，即使她將他們寫得庸俗，即使她正刻薄審判著他們，故事裡的人物讀起來依舊是熱呼呼的，不像妮亞碰觸的多是凝結的心靈，冷峻憂傷的背影。

妮亞與溫熱的世俗永遠有段無法靠近的距離，曼殊卻能頻頻在黏膩的世俗萬象之中展示她既玲瓏又挑剔的平衡；這眞使妮亞感到嫉妒，感到渴慕。眼前的人間生活，曼殊身在其中卻不受拘束，而她，妮亞，總是無法抓準，難以身在其中，偏偏卻又受其拘束。

•

曼殊，這刀尖般的角色，今生今世，素面相見，依舊挺著一張大圓臉，毛渣渣的模樣。她前生去世得那麼早，因而回來的模樣便依舊那樣熱情銳利，她以一種又庸俗又美麗的女子之姿，吸引了今天妮亞的目光。雷可以感覺到，妮亞的心神逐漸傾斜於曼殊，可妮亞自身卻不夠明白警醒。她對曼殊的態度反覆不一，她也從來不能確定曼殊的心意。當她靠上前去，曼殊佯裝拒絕了她，當她掉轉回頭，曼殊又露出孩子般無辜失落的神情。那眞是一種媚惑。妮亞在內心情欲燃燒之前覺悟到了自己的不足，然而只是這一遲疑，便使曼殊感到受辱，反擊般輕蔑而殘酷地踐踏了她。

妮亞退出曼殊的場域。她們彼此都是驕傲的人，讓步與投降可能接近於愛，但也可能毫無意義。妮亞隱匿無聲，黑幕落下。燈再亮起時，登場的主角已經換成了曼殊。

在曼殊而言，妮亞無法前進，沒有膽量解決他人，只能被他人解決。她踩著妮亞的遺骸前進，這固然可以解釋成她追念妮亞的一種方式，然而，也是她命中經常重複的一種模式。某種欠缺總是冥冥牽引曼殊追戀的去向，她以爲這是愛戀，但結果卻未必如願。曼殊的一生總在讓自己超越什麼，不斷不斷地達到什麼，這樣做不是因爲她多麼渴望那些得手之物，而是出於驕傲與空虛，彷彿被射出去的箭不能回頭，她不知道一旦停止，生命當下她能握住什麼得以歇息？她想留住的都沒有留下，於是她只能驕傲而美麗的走開，既然無人相伴歇息，她便站起來獨自去征服。

幕與幕間，她們錯身而過，同一個舞台，各演各的戲。她們日後將不再過問彼此的劇本，甚至於落幕之前究竟出了什麼差錯以至於落得如此參商不相見的下場，也已沒有追究的必要。雷原本以爲故事應會到此爲止，無論是她們兩人，抑或他們三人，畢竟只是在不對勁的岔口拐錯了彎，迷走一段，最後終究會回到原來的路上，一起推門走進，他與妮亞前生所度過的，靜靜的日子。

•

是在某些變化來臨，不，應該是說，某些變化遲遲不去，且如植物一般在他與妮亞心中靜靜生長起來之後，雷才親身驚覺，什麼時候他已跟隨妮亞來到眼下陌生的所在。他以爲今生自己仍爲守護妮亞，領航妮亞而來，誰知妮亞才是靜靜變化他與她之內心生命的祕密根源。

他細細摸索萌芽於心中的微妙情感，穿梭於看似起源曼殊、實則當曼殊離去之後依舊野火燒不盡的情感之林，雷不禁要懷疑：那份留在記憶之中，他與妮亞一起度過的前世生活，果真的的確確是他與妮亞之間堅強的聯繫嗎？

這曾經是他最豐富的財產，如今卻彷彿針尖刺痛他，問著他：倘若這些宛如植物蔓延，近似於愛的芽生，這片憂憂鬱鬱走不出去的情感之林，遠在前生，就如今生此刻他所經驗到的這般，在妮亞的心內滋長過了，那麼，他所念茲在茲的前世生活，他所珍重親愛的妮亞，莫非只是假象，冰山一角？那冰寒的底層，隱藏何等巨大他所不知的情欲面貌？妮亞，那個前生日日與之相伴的妮亞，心裡度過的，隱藏的，是什麼樣的日子？

他感到破碎。幻滅與絕望的聲響。他與妮亞之間的聯繫被一股殘酷的力量摧毀了，甚至於，他與自己之間的聯繫也被損壞了。他的心發生動亂，形體不明之物，如暴兵亂馬攻下他既有的認識，又如笙歌舞樂，胭脂媚女，蠱惑他所有感覺。他對自己感到陌生且驚異，眼前的世界變了形狀，鏡中他與妮亞的形影也顯得祕密重重：既親近又疏離，既理解又衝突——

他與妮亞，這共享的身心與靈魂之間，到底發生了什麼？他篤定以為今生是為守護妮亞而來，孰料妮亞以一股更大的力量搖動了他。他感到無所適從，如果這其中存有眞相，這樣的揭曉使雷感到痛苦；如果可以，他想說，不要，他不要眞相。

•

雷與妮亞的夢境被隱晦不明之物率軍大舉入侵，境遇詭奇，激情交錯著性別，得以清明的永遠只是片段，剪影，某個瞬間的神情。夢淹大水吞沒靈魂的迴廊，他們總來不及意識發生什麼，或當明白之際一切便在瞬間驚醒而改變了。

雷分不清是自己在作夢，還是妮亞在作夢；夢中彷彿有曼殊的笑，也或者根本就不是曼殊；關於愛，清醒時如此平和，夢境卻如此凶狠。雷有時尙能如他者清楚注視，那明明就是妮亞的性情，明明就是妮亞的心在跳著，湧上來，升上來，是的，這就是妮亞那種倔強的愛——可就在欲望的閘口之前，雷猛然觸到了自己，旋而又被妮亞的女身所困——

那瞬間，雷與妮亞，若非如同誤踩捕鼠器的無辜小獸，哀哀鳴叫由夢中逃離，即是如墜盲霧深淵，抓不住任何時空線索地墜落而下，摔到底，一地沉重的無知無能，即使醒來聲音也是啞的。

這類混亂夢境重複造訪，使人疲憊難耐，夢如此強悍著要顯現，到底要說明什麼呢？雷與妮亞一而再再而三被各種驚駭、悲哀、渴望的情緒浪潮，沖打至夢與清醒的邊緣，不知此世此時身在何方？行至何處？他們漸漸開始恐懼睡眠，睜著眼，頭痛欲裂；雷與妮亞的這一生，在遇到曼殊之後，再度崩潰了。

•

當雷與妮亞一同坐在二十世紀末的精神診間，雷痛苦回憶起了妮亞世紀初纖細不穩的身心，不知道同一時刻妮亞是否也想起了那些。他想起那封最後的信：

親愛的，我知道自己即將再度崩潰，我們不能再經歷一次類似的處境，且這次我將不會恢復。我開始幻聽，無法專心，看來這是我能做到最好的解決之道……我已經在損毀你的生命，沒有我在，你可以好好工作，我知道你可以的……我不要再繼續損壞你的生命……我不要再繼續損壞你的生命……

在沒有了沙發長椅的現代治療室，他們互相說著話，有時是雷，有時是妮亞。有時彼此衝突，有時彼此諒解。前生他曾是她的伴侶、保護人，隨時隨地注意她的情緒，在她接近情緒的懸崖之前，比她更早一步，腳步輕緩，不動聲色護住她，讓她停下來；那種時候的妮亞，臉上經常有種夢遊的神情，要不就是亢奮地喘著氣，瞳孔裡沒有映現任何人。那些時光，即便他如何愛她，他依舊處在她的身外，她時而需要他，時而完全不須有他，他彷彿是她的父親或兄弟，也似她的督導與敵人。今生，他既得以與她重逢，與她血肉共同呼吸，何以他還是不能全然相似於她？何以不能再保護、改變她更多？何以他與她之間，還有那麼多陌生空涼的縫隙？他們互相吐露使彼此驚駭的話語，在靈魂的有限軀殼內劇烈碰撞，引發那自前生便糾纏不絕的頭痛，他沒有足夠的比例穩住她，只好與她一起經歷捶打腦袋的痛，他總算感受到妮亞當年那種痛是怎樣的痛，那些臉色暗沉，惶惑沉默的低潮，前生浸蝕她的身心，現在也是他的身心。雷漸漸沒有了自信，此生，他所為何來呢？他對人生的定義，對生活的安排，在妮亞的心裡，是否還可能維繫得住？他在妮亞身內漸漸匱乏，神祕的精神躁亂一波接著一波，將他打得軍心四散。

妮亞呢？絕望處雷看到她伸出手來，在時停時歇的躁亂空檔，指尖飛快地在電腦鍵盤上敲出，破碎的句子，他一時還不能明白妮亞要說什麼，心思速度太快太亂，只能追一點算一點地去摸索，那些電光石火的線索；妮亞不斷打字，刪除，重寫，雖然倉狂疾奔的思緒還不能被管束於藝術上的秩序，可是，比起雷的部分，妮亞在寫，在寫之中，強烈沉醉的時刻，從靈魂底層，湧現種種聲音，她聽見了，抓住了，與之對話交談起來，那時候，她可能一連寫上好幾頁，雷只能孤獨地注視，等待，不安的預兆，劇烈頭痛將尾隨寫作的興奮一起出現，使他們一同陷入折磨。

如此妮亞的寫，曾經是雷所最珍重，他也往往是第一位閱讀她手稿的人，然而，另一方面，他爲她的寫感到既危且懼，當她獨自伏坐於那扇望出去有一片濕草地的窗戶之前，他知道，那些白紙，將湧現重重疊疊的陳述，不斷旋轉層層牽引的情節，穿來轉去的人物，這些應該無限無限寫下去，鋪陳下去，同時又得危危謹守界線，時時剔除不必要的陳述、情節與角色……在雷看來，妮亞總是過分焦慮於別人的看法，寫作也好，現實生活也好，妮亞終生無不盡力在自我與他人之間維持一種緊張的完美平衡，這些拉鋸幾乎耗盡她一生能量，可是，最終的事實，妮亞所努力要澄清挽留的不過就是心靈的活動：她既受困於心靈，又苦苦要追究心靈……這些執著，這些野心，對完美的追求，今生仍然擠在這具單薄的身體，擠在她與他的心裡，是太重也太亂了。

•

在他們共同經歷因曼殊而起的精神風暴之後，餘生，沒有了明顯的悲哀與歡樂，雷與妮亞平靜共處，他們相互守禮，不跨過規矩的界線，不觸動危險的地雷，如蠶靜靜吐著自己的細絲，妮亞固執以寫整備她的心智，即便走路、用餐，心亦停留在那些以字砌造的虛世界，雷感到一具空蕩蕩的身體，她不在，如她以前日記的說法：她不確定自己是不是活著的。雷徒然注視妮亞愈發寫得出神，卻無法伸出手去搖醒妮亞，他已經不再是那個能幫妮亞規範寫作秩序、即便散步也提醒她切莫走得太遠的雷，他的存在愈來愈稀薄，他成了一個隱藏在妮亞內心漸漸喊不出聲音來的愛人，和那些斷續模糊的草稿，被揉進了精神的廢紙堆裡。他感到孤獨疲憊，想吐一團溫暖的絲繭，把自己包裹起來，抵擋生命一波又一波的侵襲，然而妮亞卻不學乖，她堅持在精神的世界裡遊走，且不再像以前那樣依賴於他傾訴於他，雷猜想，妮亞此後所寫，將不再是前生他們所商量過的事物，如果妮亞認爲自己可以抵過這一波波侵襲，如果世界以粗暴方式將她擊倒於地，而她足以重新站起來，那麼，之後，她或將首次正面寫到她對這個世界的意見，走出年輕妮亞的傷逝與哀歌，碰觸生命的黑暗，邪惡的伎倆，以及曼殊，以及祕密，以及餘生。

戰爭的威脅就要來了，末世的威脅就要來了。

那時，他們漸漸老去，朋友生病去世的消息相繼傳來，繁華世界繼續毀壞，地震，洪水，戰亂，瘟疫。一九四一年，雷與妮亞面對第二場戰爭，連偏遠的孟克小屋也無法倖免於戰火波及，空襲連連，侵略與攻擊之火愈燒愈熾。他們起床，看報紙，摘蘋果，喝茶，寫信，繼續生活。雷翻開前生妮亞留下的日記，無法斷言自己是否眞正曾給過她幸福時光。在戰火即將失控燃燒之前，妮亞以自己的方式結束了生命。

•

雷一生總爲妮亞寫書前後的精神狀態，如間歇火山般不可預測的噴發與歇息，感到忐忑難安，孰料終究還是在一本書成之後失去了她。他曾以爲這本最後的作品，將透露妮亞晚年生命衰微的情貌，但是，當他在失去妮亞之後，重讀這最後作品，驚訝地發現，書裡的妮亞，已經不是多年前知識社群之中那個清談的女性，也不是那些年低潛於意識世界的脆薄心靈，不知何時，她生出了現實的力量，她寫了一些過往她未必能忍受的事物，她有了反抗的欲望。雷在後來多年歲月，經常思索，妮亞那個舉動，究竟是一個正面的終結，還是一個負面的沉溺呢？世人稱之爲自殺的舉動，難道一定走向死亡，而不可能走向新生嗎？

究竟，妮亞想要變成怎樣的一個人呢？本質上，妮亞又是一個什麼性質的人呢？

多年之後雷與重逢的妮亞，難免其宿命地走上了前生的道路。他陪著她一同走進黑暗與破碎，因爲那些黑暗與破碎而逐漸散形，無論是希望還是能量，他都愈來愈低，他用盡了，不再是那個能在妮亞身上讀出深沉與美麗的人。

戰爭繼續惡化，世界繼續毀壞，他對自然的基本信仰，在這個嚴酷的新世紀，接二連三受到打擊。可怪的是妮亞卻沒有被擊倒，她的生命，在片刻的萎謝之後，不知從哪裡吸收了祕密的水分，漸漸甦醒凝聚，宛如植物般向雷蔓延生長過來。

這使雷感到恐懼，忍不住疑猜，是否妮亞要將他驅趕出去？是否她要勝過他？是否她要遺忘、消滅他們前生那些綿密豐富的記憶？在此同時，曼殊浮現出來，有著曼殊的世界在他眼前壯大成形，雷預感妮亞想往曼殊那裡去，他恐懼她這樣做，更恐懼自己也將隨她往曼殊那兒去，這對他來說實在是太殘酷的情景。同體身心之間，他用盡力氣攔阻妮亞，然而，愈這樣做，她那兒所傳來的抵抗力量也就愈大——

他與她又陷入了爭執，在同一具身體裡不斷自我衝突、自我傷害。他懊悔，這一生，他是不該來尋妮亞的吧？前生妮亞在口袋裝滿石頭的景象，在今世的夜裡反覆折磨著他，曾經他是因爲那份決絕死意而最受傷害的一個人，妮亞走後多少年，他獨自看著書房窗外的樹木，揣想那個下午，急急走出門去的妮亞，心中可還有一點點，一點點，他的存在？

Dearest，Dearest，親愛的妮亞，他自私地呼喊出聲——

他可以嗎？他該承認自己的卑鄙嗎？這一生，在妮亞最後一次試圖爲自己掙扎求生之際，恐怕他才是那個在口袋裡裝滿石頭的人。冰冷的河流，河床裡尖峭的岩礫，會再度將他與她磨蝕得體無完膚，什麼性別，什麼愛情，什麼榮耀與侮辱，皆不復辨識。

一碰到清醒的現實，我們就完了，生命無非是一場幻夢，置我們於死地的是睡夢過後的清醒，誰剝奪了我們的迷夢，誰就剝奪了我們的生命。

——*Virginia Woolf*

暮色將至

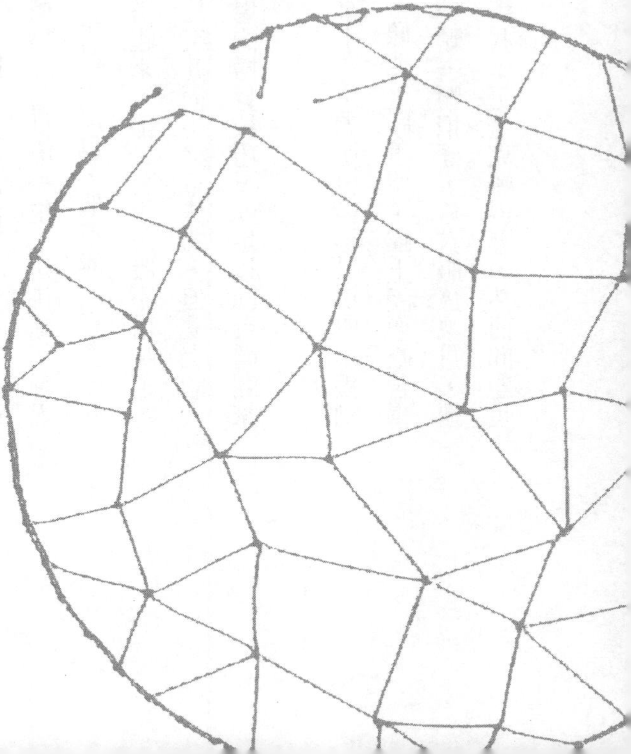

年底，初冬，寒氣教人還不太習慣，所以感到分外地冷。外頭天色陰沉沉的，林桑從衣箱裡找出厚外套，這是今年第一次穿它，但衣服是早已穿舊了。在國外那幾年，冬溫低得嚇人，即便多麼窮學生，也得常備幾件厚衣。此刻上身這件，猶記是在星期天的跳蚤市場買來的，那時他和阿君，簡單娛樂就是去逛跳蚤市場，少少錢換一整天樂趣。阿君挑東西眼光不知該說怪還是獨特，總能從一堆不起眼貨裡翻找出特別東西，且那價格通常低廉得很，彷彿除了阿君沒有人會去爭搶。那些奇奇怪怪的小配件、布料、提包，他不能同意多麼好看，但等阿君把它們裝飾在屋裡或在身上穿搭起來，卻又有了一股不俗味道，阿君向來有她自己鮮明的風格，那經常是對比突兀而不講章法的，但愛上的人就會很愛，好些朋友就說阿君光憑這跳蚤市場的撈貨技巧，就足以回台灣開家二手精品店轉手賺錢，餓不死的。

餓不死，這的確是阿君的本事，阿君也常不在乎調侃自己是草根命，丟到哪裡長哪裡，怎麼樣的環境都可以活下去，不像他，阿舍命，嘴上說要吃苦畢竟是挺不住的。林桑對著鏡子，把外套釦子一顆一顆扣好，舊衣服舊歲月，過往的經濟生活，好像從來沒有光彩過，國外那些年更是克難得緊，然而問題也許並不在窮，這點小事根本打倒不了阿君，她是那種只有百元日幣也可以把日子過下去的人，眞正使她投降是他的心。他總想從與阿君的共同生活裡逃離，然而，眼前生活不盡滿意，推翻又要怎麼辦呢？他嘴巴上說得好聽，認爲自己就算隨便捲幾個紙箱過流浪漢生活也是可以的，事實上，他從來沒能眞正跨出那一步。他惱恨自己，偏偏人對自己的惱恨是最難以承認的，於是便把氣全推到阿君身上，認爲這麼多年就是阿君絆住了他，而他從來沒有愛過阿君。

他對阿君從來沒有承認過，若非出國需要，他們之間恐怕是連結婚登記也不會去做的。在一起那麼多年，阿君沒要過什麼，他也不覺得有什麼不對或愧疚。阿君唯一有過的念頭只是小孩，然而那些年他的心已經跑得那樣遠，時不時總在準備哪一刻就要跟阿君提分手，怎麼可能再有小孩。泥淖般的婚姻生活，他以爲自己欠缺的是眞正的愛情，以及，一顆夠殘忍的心，如此才能讓他有所動力來處理與阿君的關係。外遇就是這樣來的。誰知一次、兩次他還是拖拖拉拉、呑呑吐吐，阿君也不復往日理性，兩人要嘛完全裝死不談，要嘛鬧到歇斯底里，搥胸頓足追不回重點在哪裡。他們在這樣的關係裡猛然覺悟彼此竟然已經變得這樣多，不再是當年那對率性的革命情侶，而是面對輸贏放不開手、眼望人生殘局也難免感到悔恨與恐懼的中年百姓。

最後兩人眞正簽字離婚，已經不干任何第三者的事。在好幾次鬧到大打出手，彼此無比憤恨、計較之後，婚姻的屋簷下一片混亂與寂靜，他看阿君背影，知道她要放了，兩人畢竟走不下去了。不久之後，阿君便回台灣，他以爲兩人情分終於到了盡頭，他安慰自己，盡頭是好的，在此分道揚鑣，各自新的人生。

沒想到，事情完全不是那樣。

他從山坡居處走下來，穿過捷運地下道，來到鐵軌對岸的醫院。這一帶，出國前他熟得很，但捷運通車後很多地景都改變了。他在醫院入口處按了消毒劑，抹淨了手，進入一個與外頭兩相隔離、截然不同的世界。大廳有人圍聚說話，說不多久便哭起來，然後是止不住的激動吶喊。路過的林桑偷偷瞄了幾眼，生老病死，他以前總盡可能避開，總推給阿君代爲處理，除了幾個不得不露臉的告別式，對於人生盡頭的淒涼，醫院裡疾病折磨的場景，他能逃則逃，現在，他逃不掉了。

電梯上到六樓，一開門便見阿君請的看護正在走廊上和人聊天。他輕手輕腳走進病房，阿君睡著，她體力一天比一天差。床邊小桌擱著寫字板，上頭阿君字跡記滿她提過的朋友名單。即便已到這地步，阿君還是什麼都堅持自己來，毫不避諱交代身後事，細節諸如保險金錢事務可找誰，誰來幫忙清空房子，其中健身器材、家電分送給誰，遺孤愛貓又託誰續養，若不就範可找附近哪家動物醫院來打麻醉針等等。

寫字板上頭沒有他的名字，阿君對他的交代只是口頭，安撫他說諸事都已經安排妥當，就差時候到了得有個人來打電話通知大家，而他，就是那個負責通知的人。

他有過抗拒，好像一個責任又從天而降罩在他頭上。他不是已經和阿君離婚了嗎？為什麼是他？實在作夢也沒想到，甚少鬧病的阿君一病就這麼重。當阿君透過電郵初次告訴他的時候，他不以為意，他早習慣了阿君自己料理自己，待至後來回台，見阿君頭髮掉光，才不免具體驚惶起來，慌慌張張問了病事。那一次，阿君已動完大刀，化療也告一段落，坐在週末的咖啡廳裡，看得出來特意打扮，紮了條花色大膽的頭巾，身上披披掛掛，頹廢嬉皮風。她老在他面前故作無事，一整個下午淨是口氣樂觀，說自己怎樣抗癌，吃喝多講究，誰慷慨大方給她送來許多營養品，一生時光大約現在最是悠閒奢侈云云；阿君相信意志力，說自己現在感覺不壞，再休養一兩個月，便要回去上班。

後來果眞這樣過了一段日子。其間，他從日本回來，一兩次沒地方住，借住阿君家也是有的。她領著他拐進藏於巷弄之間的傳統菜市，有說有笑跟商販打招呼，然後進了一間家庭美髮，上得二樓，租來的兩間房布置得色彩繽紛，熱呼呼堆滿什物。他很意外，和阿君在一起那麼多年，從沒想過阿君生活竟也需要這麼多東西。以前他們屋子裡堆的淨是他的書與收藏，阿君個人擁有不過簡單幾疊衣物，現在，放眼望去，除了那些砸下重金的抗癌設備：鹼性水過濾器、空氣濾淨機、健身器材之外，就連花草、彩繪、瓶瓶罐罐、絨毛玩偶等擺飾亦不缺少。窩在以前他們侷促家居絕不可能出現的懶骨頭裡，他想，阿君是在過另一種生活了，憑她的本事，她很容易可以過得很好，如果她不生病的話；阿君應該會覺得跟他離婚也是好的，因爲她要精采人生並不難，如果她不生病的話……

可是，現在，她病了。一兩回合的相處，阿君的話裡偶爾會洩漏一些怨哀，想要依靠，使他不知所措。他忽然發現，他沒有太多照顧阿君的經驗，癌或死，這些字眼他感覺負擔不了，他想逃，他跟阿君坦白：我不知道怎麼處理。阿君看他幾眼，默默收話不再講下去。總是如此，他不知道怎麼辦便兩手一攤說實話，阿君總會放過他，原諒他。

後來，他回台灣便改找弟弟找朋友，沒再住過阿君那裡，幾通電話只是簡單問問病情。眞正搬遷回台，工作又沒他想像得容易，只好靠著以前朋友關係，這裡接接計畫，那裡做做顧問，看似風光，頭銜好聽，但總沒個定數。他多少體會到了幾分流浪漢的滋味，原來根本不是自由與浪漫。然而，他跟阿君畢竟離婚了，各走各的吧。若非阿君情況後來惡化，他是沒準備要和阿君再次恢復成這種關係的。

夏天，阿君的癌往腹部、肝臟擴散。秋天再度入院，這回不開刀了，阿君託人捎來消息，簡短、明白地說：時日不多，希望見個面。

這消息不能說有多意外，彷彿一盤棋局擱久了，最後幾步終要點名到他。他想逃，卻無所遁逃。他說不出口這不關他的事，也不能要賴說這不是他的局。呆呆地進了醫院，他期待阿君會告訴他怎麼辦，孰料阿君跟他一樣無所遁逃地垮下去了。她躺在病床上，平靜，冷淡，看不出想些什麼，惟在朋友來訪，談及生死後事種種，才洩漏那麼幾絲情緒。前兩天跟他一起來的汪明才，以前留學時代的朋友，要離開的時候，從口袋掏出紅包往阿君手裡塞。

「我不需要錢。」阿君推回去：「你倒說說看，錢現在對我有什麼用處？」

她說得平靜，沒有怒氣，也沒有怨意，只是苦笑說出了事實，讓人不禁要為自己的舉動慚愧起來。汪明才靦腆應答幾句，沒再硬推，嘆口氣，對阿君說：「妳要想開點。」

「我是想開了，總歸早晚要走的路。倒是你們也要想得開，你們想得開，我才好走得開。」

他聽出一絲哽咽，抬頭看阿君，心裡跳了幾下：她要走了？她準備好了，那他呢？垂頭繼續看報紙，心內陌生得彷彿有扇打不開的門，有時候，他眞不明白自己是準備好了？還是根本沒進入狀況？眼前情景彷若阿君只是生了小病，而他不過來演一場探病的情景；如果他不轉頭看阿君病瘦的臉，坐在這個房間好像只是跟阿君在過家常生活，報紙裡那些消息很快可以引他讀得興味盎然：總統大選倒數不到百日，隨處可見他熟悉的名字與言論，那是他們過去黨外歲月的成果，也是阿君和他的共同回憶，是的，如果他與阿君還能站在同一陣線說點什麼與致勃勃的往事，大約就是那些人那些事，那些如今成爲政治主角之點點滴滴，那些他與阿君一起走過的患難青春……

阿君在他沉溺於回憶的此刻張開眼睛。他收起報紙，問問身體情況，說點外頭天氣，兩人之間其實沒什麼話。他把看護沒關上的電視調回正常音量，像以前那樣假裝自己自在得很，時不時還對選舉加上幾句評論。新聞正在回顧黨與派系的成立經緯，他轉頭以爲能和阿君交談點什麼，但她低垂著眼，一種他不敢去猜測她在想些什麼的枯萎神情。他只能自己回味螢幕裡那些舊照片，如今已成政治大老的大象，十幾年前的臉龐看起來簡直就像個文藝青年，在一幕稍縱即逝的靜坐畫面中，他甚至從人群縫隙裡看到了青春的阿君……

阿君生病消息一傳開，多位朋友包括大象二話不說就開了支票讓人送來，這是交情，但又有點令人感慨。前幾天阿君幽幽說：「大象明年要送阿平去美國念書了。」阿平是他和阿君看著長大的小男孩，阿君對待阿平甚至有幾分情人的意味。這個臉色細白、敏感、而又甜蜜的孩子，當年無論抗議、演講、行軍各類活動，跟著爸媽無役不與，在那些充斥憤怒與委屈的場合裡，阿平的童言童語若非教人開心就是讓人心碎。如今，阿平十六歲了，和他們這些大人漸漸生疏起來，就連他們大人之間，也因爲身分、權力的變化，難免有些不同了。以前沒錢，現在有錢；以前有空，現在沒空；以前做什麼都一票人夥在一起，現在阿君形單影隻進出醫院，大家都忙，沒空來看她，花倒是送了一堆；以前沒沒無聞的朋友，現在人盡皆知，病房裡的花卡，上頭署名經常搞得護士和看護工都緊張起來，那天老胡匆匆來探，還吸引了醫護人員和隔壁房的家屬來要簽名，搞得看護也虛榮了，逢人就要講兩句。

聯繫他與阿君的過去，很容易可以畫出一張現今執政圈的人際關係圖，其中有些與他仍是好朋友，有些則不然了。偶爾他也有所憤恨，感嘆人心冷暖，聽他們發表政論，有些依然敲痛心中角落，但有些話已經不對勁了。他痛心於以前努力爭取來的如今濫用糟蹋至此，且竟有那麼些不知哪裡冒出來的小角色，牆頭草，見風轉舵者，以及令他難以置信之聰明伶俐、敢吃敢拿的政治金童。不同派別各自表述，彼此不問是非，就是反對到底。他不知道事情怎麼會變成這樣，開放所帶來的，竟然不是愈來愈多的選項，而是幾近沒有選項，衝突非但沒有化解，且是更草莽地對立。

緊接著一場決戰即將再來，他們會不會再勝？他看著新聞，不知道自己應該怎麼抉擇。他依舊不認爲自己過往那些相信是錯的，他也知道自己不免還是會基於舊情誼而替老朋友找藉口；無論如何，他不希望他們輸，但他們贏他似乎也不感到多麼高興。他看著枯萎的阿君，現在的她很少評論什麼，依她的時間演算法，這一場政治，輸或贏，皆影響不了她，因爲，她是不可能活到答案揭曉的。

就在阿君昏沉沉即將入睡之際，門口有人探臉，竟是多年不見的安。國外那幾年，安在他家搭飯過一陣子，算是很熟悉他與阿君的人，但他簡短打個招呼便讓身出去，他猜安應該也沒多大興趣看他，這陣子，他被阿君一幫女朋友罵到怕，在她們的審判下，阿君的病全是他這負心的丈夫害的。沒想安很快從病房出來，邀他去樓下咖啡吧坐坐。安一開口便問他現在做些什麼之類的樣板問題，他隨便講點兼課的事，跳過那些積在心裡其實非常想要傾倒出來的埋怨與求援，這些年，他學會了，不要隨便說出眞心話，有時這是一種禮貌，簡單方便的應酬，最好，對方也不要莫名其妙說起眞心話來。

眼前的安看起來氣色不錯，臉上微笑穩定，不虛僞，但也沒說眞心話。這很好，她是怎麼辦到的？她曾是那麼迷惘的一個小女生，叨叨絮絮和他在電車裡、在餐桌上說個沒完，眞心表露自己對於人生舉棋不定。見他意興闌珊熬著學位，安勸他不如換跑道重新開始，他當她小孩子說大話，他畢竟不是安的年紀，且他當初帶著阿君來日本，何嘗不是以爲自己正要轉換跑道重新開始？他酸溜溜地說：「重新開始談何容易，妳有後援又年輕，當然可以重新開始，我可是形勢已定，頭都洗一半了，不弄完能如何？」

這類口氣的話，安通常是接不下去的。這是他的本事，他很知道怎麼以退爲進。安臉上每每浮現尷尬抱歉的神情。然而，事實上，他想跟她表示，其實他是感謝她的，至少她那麼煞有介事跟他談論他的人生。那時候，他以爲安和他一樣是不穩定的人，是那種能夠理解不穩定之必要與無奈的人。可現在，連她這樣的人也過得很好了。他應該爲她高興，但有另一種不可理喻的懊惱騷擾著他，他想，隔了這麼多年，如果安膽敢再跟他提到「重新開始」，他就要使出這陣子堵人封口的撒手鐧：「重新開始？妳瞧瞧我，這年紀，連當大樓警衛都有問題吧。」

結果，安沒提，什麼也沒提。約莫半個鐘點的談話，安僅僅止乎禮說：局勢大不如前，暫時這樣也很好，再等等機會之類。然後，他們談到阿君，安感嘆阿君命薄，堅強抗癌至此，卻還是得宣告失敗。安說，你知道阿君一點都不把自己當病人，她興致勃勃跟人玩電腦，重拾畫筆，還說要去學義大利文……

聽起來安一點都不怕，她甚至陪阿君度過一段親密的抗癌生活，包括SARS期間陪阿君上醫院，看剛跳樓的張國榮拍的鬼片，枕頭貼著枕頭睡覺。爲什麼安可以不怕？自己又爲什麼想逃？他低下頭，感覺自己心肉如蝸牛般蜷縮起來，叫不動，就是叫不動。巨大而無情的死亡，他是敗兵一名。寂靜黃昏，安沒爲阿君抱怨什麼，沒像阿君其他女朋友責備他薄情寡義，惟小心翼翼結論：「現在，有你陪她，應該是最好的結局了。」

兩人站起來告別。不過是剛結束下午茶的時間，外頭天色卻陰鬱得好似夜晚已然降臨。他站在醫院門口，望著安的背影漸行漸遠。「最好的結局」？這小女生當眞知道人生的滋味？否則爲什麼老要裝成熟地跟他說關鍵詞。「最好的結局」？他與阿君的結局，難道不應該是在辦好離婚登記走出戶政事務所的那一刻嗎？夫妻一場，斷不乾淨也就算了，誰還想出這種結局來整他，不只是關係的結局，還是生命的結局！

他回到病房，正來了護士在幫阿君做排毒處理，阿君的消化器官幾已作廢，不僅沒辦法吃，就連排出來都沒辦法。護理過後，阿君僅僅叮嚀明天父親和律師要來確認遺產與安葬的事情，便似氣力盡虛。他讓她睡下，離開病房。幾年不見阿君父親，沒想再見就此情景。阿君有記憶以來沒見過母親，父親也四處飄泊，可說是阿嬤一手養大的。這回病，她寧可讓阿嬤望穿秋水，佯裝人在國外而不敢頂著光頭病容回去看八十好幾的老阿嬤。白髮人送黑髮人的悲哀，怎麼說也只能讓那畸零人般的父親來承受。

阿君跟他在一起那麼多年，結不結婚，去不去日本，請不請客，這個父親從沒說過什麼，對他這女婿既沒表示過贊同也沒表示過反對，他甚至不確定這父親是否知道他與阿君已經離婚。明天，明天相見該以什麼心情呢？這父親想必不會安慰人，但應該也不至於落淚吧？這父親只是被動地走進病房來，跟他一樣，是的，跟他一樣，飄浮、猶豫、逃避，阿君從來不指望他們，可是，最後一關，阿君終究還是只有他們，他們逃不掉了，父親與丈夫將在這裡相會，為女兒，為妻子，為一個他們從來沒有負責過的關係收場，送行。

懷著愧疚的心緒離開醫院，時間說晚不晚，說早不早，倦感襲來，令人眞不知往哪裡去。他擠進捷運站的人潮，在月台上等候班車來了又去，去了又來，終而登上往北投的列車。北投變得讓他不認識了，原本寂寥小調的溫泉山徑，現在商業炒作熱鬧，「泡湯」這個模仿接枝的東洋詞彙隨處可見，可周遭情調既不是他入境隨俗早已適應的日本溫泉鄉，亦非他記憶中那個荒廢、隱匿歷史角落的舊北投。

他往社區深處走，找家比較冷清的旅社，要了一個單人池。光線很暗，衛生不能算太好，但半圓形浴池，木框玻璃窗，仍是舊時款式，很適合他現在的心情。他讓自己浸入水中，熱氣緩緩消解他的疲勞，汗如地熱滾滾冒出，他閉上眼睛深吸一口氣，沒錯，就是這個熟悉的硫磺味。

出國前很長一段時間，他和阿君就住在北投山上。那是八〇年代，朋友讓他們免費借住的老房子，四處怎麼刷也刷不乾淨的黃垢，各種零零落落被氧化掉的家電小物，但他們一點也不以爲意。在黨外雜誌風吹草動的驚險生活之餘，大夥經常聚在他們這間無政府狀態的屋子裡吃火鍋、打麻將、那卡西，他能唱一曲一曲的老調，又笑又淚。那時節的阿君，活力充沛，果敢勤奮，無論瑣務、文稿、勞動，樣樣不挑，樣樣做。看似最沒特色的阿君卻最受人喜歡，驕傲的人也好，暴戾的人也好，苦悶的人也好，阿君總有辦法跟他們相處，怎麼樣的人都會被她的坦率與行動力說服。

那是一群人最同心一氣的時代，各種不同原因所引來的覺醒、創傷、憤怒與絕望，合在一起發散出純粹的美與力，那是他人生時光最初的抒情小景，也像大多數史詩故事在開場之際，總有一種純潔而脆弱的美好，各種情感尙未質變之前投射出來的光鮮色澤，多麼令人懷念，然而，故事總會極其戲劇性地發展下去，有時候，發生於現實人生的轉折、驚爆力道之大，可能還勝過了故事的設計……

後來雜誌社燒成一片焦黑廢墟，他不是全無預料，是不相信眞、會、發、生。死去的人果眞履行其誓言：Over My Dead Body 。死去的人像一把火，燒燙了他們這群不見棺材不掉淚的旁觀者。抒情小景結束了，史詩故事進入精采主軸，很多朋友就在那時明確介入了政治，可他卻發不出聲音，槁木死灰地沒法再做什麼。同樣一把火，他被擊倒了，某些他以爲會實現的東西粉碎了，不過，阿君並沒有被擊倒，他當時想也許是因爲阿君想得太少所以她沒有感覺，可事實證明想得多又有什麼用呢，思想上找不到出路，終了，他只能依靠謊言或自我痲痺活下去。他想離開，不再提起，他貪圖活下去不要那樣痛苦，然而，阿君不怕痛苦，阿君一旦相信就相信到底，即便被抓、被關甚或活不下去也沒什麼可怕，人肉鹹鹹，阿君老這麼說，她最大的籌碼就是，她一點籌碼都沒有，沒有什麼好害怕失去的。

他們離開了北投，在海外像小夫妻般克勤克儉生活。屋子裡不再有很多朋友吃飯喝酒說話，日子裡沒有什麼要緊的行程要趕，只是把幾本書翻過來翻過去，聽阿君在砧板上一刀一刀把高麗菜剁成細絲；他們只能依賴彼此的感情，最好還有點愛情，可是，他們有嗎？他刁鑽起來，他們有嗎？他期待台灣朋友來訪，聽他們各言爾志，讓阿君在小廚房裡絞盡腦汁變出炒米粉、蘿蔔糕等家鄉味伺候大家；他樂於讓自己這座東京小屋成爲反抗者的祕密基地。然而，時代在變，東京小屋也跟著變，訪客逐年減少，反抗者既已爭得了舞台，便不再需要擠在祕密基地相濡以沫。剩下來的，只是他與阿君的婚姻生活，眼高手低的學術之路，人近中年，本該安分下來，他卻反而焦慮得像隻蚱蜢，四處亂撞亂跳，來不及了，來不及了，想要的人生再不去試就沒機會了，他惟恐局面眞定下來，惟恐日子愈過愈平靜，於是便愈發不安地挑剔吵鬧。

跟阿君離婚之後，他以爲自己會重新開始，可自由於他竟有一絲冷寂，至少不是歡欣鼓舞的。沒了阿君幫他料理柴米油鹽醬醋茶，他很快發現生活一團亂。沒有人束縛住他，可以重新開始了，但他似乎還是無精打采，就連愛情也沒那麼令他掛念。他考慮過回頭找老同志一起做事，可是很多局勢讓他領教到今非昔比，現今的政治，光憑活力、體力、苦幹實幹未必行得通，得有具體搞行政、人脈、甚至口頭辭令以及繁文縟節的能耐，他得承認這方面他是生手，他不夠老也不夠年輕，做領頭，他的歷史不夠壯烈，做幕僚，有更多像安那樣的年輕人才可用，他曾吃味這批人沒熬過苦，憑著光鮮學歷、理念與理論，就收割了他們前代人應得的好處，現在，連這批年輕人都飄出一絲腐味，他還期待什麼。

如今，權位與利益的洗牌可說已經結束，他得平心靜氣接受自己沒拿到什麼好牌，充其量陪打而已，不如下牌桌吧；有時他感到自己連圍在一旁看賭局的興致都沒了，這些年政治上的改變，怎麼說，多少讓他心裡的憤怒與悲情找到了些出口，胸口不再積鬱，至於其後敗壞的，他既無從插手，也不想再管，他安慰自己，這不是他的責任，更不要想什麼救贖，他只該想人生如何好好過下去，快樂一點，精神一點。

他好不容易克服了自己，打算讓自己換其他方式活著。卻爲什麼在這種時候，阿君病了。病的實情這樣可怕，病魔，從骨盆腔、腸腔，上延到肝臟，將阿君整個身體予以霸占侵蝕，他發現，病魔和他們以前反抗的霸權異曲同工，全是蠶食鯨吞，橫取豪奪，毫不手軟，過去還是看得見的政黨、敵人、殺手，現在一刻一刻啃蝕過來的卻是誰也看不見的病變、命運、死神，難怪阿君要沉默了，這身體的痛苦，精神的冤屈，是怎麼吶喊、爭取、抗議、甚至自焚都沒用的，一個 dead body 就只是 dead body 吶——

死之將至，生之往昔的點點滴滴彷若海浪打上臉來。他覺得自己像個孤獨老人守著阿君，目睹病魔怎樣分分秒秒掏空他們，沒有人可以眞正講講話，分擔他內心龐大的恐懼。他甚至想，也許當年該順阿君的意生個小孩，不至於如今兩人悽慘以對。原來，阿君可能是對的，但她卻總對他讓步。以前他總怨憎阿君，認爲自己人生就是過早卡在阿君這個點上，以至於他不得不錯過、放棄後來的機會。現在呢？沒有阿君之後的人生，他並沒有更好，更難堪的是他再也沒有理由可以推託，他恍然大悟，原來，阿君一直在給他的人生當墊背——

他錯了，他願意承認，他錯了，如果可以交換取消眼前這種局面的話。他知道不能放下阿君不管，但他真想逃開，就算過去一切都是他的錯，也不必懲罰他到這個地步吧？他摀著臉，泡在熟悉的溫泉故鄉裡，像個孩子般想要追討遊戲的重來，母親的原諒，然而阿君的病容使他知道什麼叫作殘忍，他狠狠被拒絕了，冷酷而無餘地的拒絕，阿君不僅不會再調侃他，更不會再跟他吵架，她連睜眼看他都很少，阿君不再有能力包容他，也不再需要原諒他了——

揮之不去記憶與悔恨的糾纏，他不斷抹去臉上的汗，感覺天旋地轉，故鄉溫泉如此溫暖柔膩，然而他得強悍一點，阿君這一關，無論如何得挺過，逃避不了，再逃他就太差勁了。他怎麼會是這樣的人？他難道錯看了自己？莫非阿君比他更了解他自己？他搓揉自己泡到發爛的鬆垮身軀，他想哭上一哭，甚至放聲吶喊這人生是錯了、亂了，可他依然沒有流出淚水，暈泡在水氣朦朧的小澡間裡，直到女服務生不安地在外叩門：「林桑，時間超過了喔，林桑，你沒事吧？」

日後，他確實做到了不逃避，時間允許便去病房，不知道該說什麼，便拿本書或報紙坐在一旁陪著。阿君體力愈來愈差，睡睡醒醒，連他存不存在都未必知覺，遑論跟他說話。日子一天一天過去，鼻胃管愈來愈渾濁，已經兩個多月沒有實際進食的阿君開始幻想食物，像以前在國外的時候，輕聲細語說如果現在可以吃到蚵仔麵線或滷肉飯多好呀，要不來一碗熱騰騰的牛肉麵吧，加上一盤粉蒸地瓜，若是冬天就喝香噴噴的藥燉排骨湯……那些年的夢裡，如果開始出現食物，他們便知道思鄉了，該回去了，倘若一下子回不去，阿君便想盡辦法做出類似的料理，她是餓不死的，不是這麼說嗎？可憐如今卻受著餓的折磨，他要看護把食物帶出房外去吃，這房間，不要有食物的香氣，太殘忍了。

最後的晚上，昏迷的阿君有幾分鐘忽然能夠張眼。他靠近她，喊她，說幾句無濟於事的話。阿君聽著聲音，定定看他，那眼神他已經不太認識，無神，卻又專注。

他忽然察覺到，這是阿君在跟他告別。他想自己應該說一聲對不起，握一握她的手，很溫柔，很溫柔地說：阿君，對不起。

偏偏他說不出口。他怕說出口自己眼淚會掉下來。

眞是可恥到極點了，在阿君的死亡盡頭之前，他在意的竟還是自己的眼淚。阿君閉上眼，他走出病房外，眼淚不聽使喚淌了滿臉，不知道是在爲阿君哭還是爲自己哭。

他打電話給阿君交代過的朋友，隔天，寫字板上交代誦經助念的朋友依約而來，虔誠肅穆在阿君的病床邊守了一天。阿君沒再清醒，閉眼，動也不動，唯一證明她活著的不過是身邊那些機器變化。他想，也許，自己等不到機會說對不起了。

窗外天色還是陰沉沉的。有人在門上叩著，他知道，最早出現的總是清潔工打掃，再來是護士送藥，然後是廚房人員派餐。如斯反覆，一天，然後，再一天。然而，眼前的這一天卻可能即將有所不同，截然不同——他初次感覺時間有限得可怕，他試著回想與阿君相遇的這一生，想把握住眼前有限的時間，趁阿君還在的時候，重想一遍——然而，怎麼來得及呢？來不及，來不及了

——他慌張、混亂得不知道該怎麼想，怎麼解釋，怎麼收場，他愣著發傻，直到那些數據驚動了他——

年輕的醫護人員湧進房來，彼此交換眼神，房內氣氛陡地升起一陣驚顫，又很快平靜下來，彷彿你我都明白似地，沒有人說話。他握住阿君的手，動也不動，沒有人在這時候哭出聲來，也沒有人膽敢在此時此刻叫喚：阿君，阿君——

他看著床畔那些儀器裡的數字倏地陡降下來，曲線圖愈來愈緩，最後，水平地，停止了。

又是暮色將至之時，島國紛紛擾擾之際，他不知道該說什麼，也不想說什麼。原來，生命結束的情景是這樣，他竟然眞的經歷了，阿君，眞的與他分離了。叩，叩，這次來的是主治醫生，他們站定，鞠躬，近床檢視病人狀態，抬頭看看牆上時鐘，如此記下了時間，然後，他們說：「請節哀。」再度鞠個躬，出去了。

靜到突然

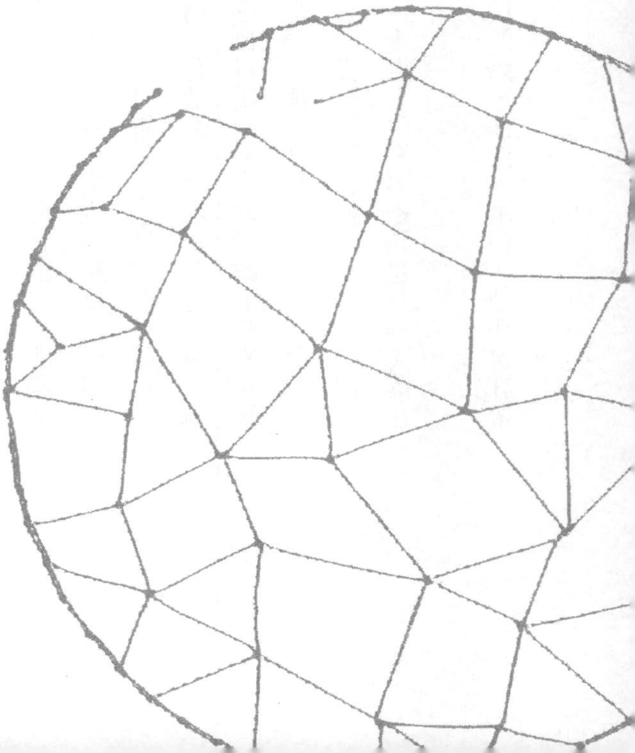

周末早晨的南北急行列車，自由席車廂比平日擁擠些，麵包、飯糰、蛋餅、蘿蔔糕，種種早食氣味，在筆電、手機與財經、八卦雜誌之間流竄，相形之下車廂讀報風景已不存在，倒是懷舊的鐵路便當還有人賞光，唐涓涓瀏著一雙眼，瞄了瞄身側便當的內容，一個發育中的少年，也許就要這樣的飯與肉，才會飽足。

昨晚雖然特意早點上床，仍因夢境徒勞終夜。夢裡又出現許耀仁，她還是不懂，這個人和自己什麼關係，老在夢裡撥弄她。夢裡舊宅大肆整修，師傅用電鑽將壁面刨除，露出潮濕而變色的磚牆。（這是肌肉，裡頭的鋼筋是骨骼。）他指指地上剝落物：（這些不過是皮膚，化妝品。）繼續叨念如果只處理披土和外漆，不過是將皮膚封死，內裡壁癌難以根治。唐涓涓蹲下來審視那些碎片，有人撫摸她的後頸，彷彿感謝她的辛勞，那人理應是張明倫，但並不是張明倫，夢裡光陰瞬息，那個撫摸彷彿回到與張明倫剛認識的時光，彷彿將她帶往幸福高處，俯瞰世界，內心充滿希望，覺得人生好事總該也有一天落在自己身上。

這一天，剛過了端午，她抵達公婆家，按門鈴，卻無人應答。猜想也許帶孩子出去玩，在門口站著等出一身汗。整整一年，她每逢周末便往高雄跑，張明倫幾個月前已從愛丁堡回來，工作與她各分兩地，不知不覺繼續分居之事實。她寫過信：「我們把孩子接回來吧，我通勤，你也不用接送我。」然而，事情還是沒成。

以她現在的情況，帶孩子很辛苦，但沒有似乎更加苦澀。或許她依賴孩子。愛丁堡那些年，霧雨綿綿的天氣裡唯有孩子芳香溫暖，她不明白爲什麼張明倫對她視若無睹，如果彼此不滿，又爲什麼不說出來？房子那樣小，兩個人懷著巨大的心事。張明倫逃逸而去慘淡淒涼的長日，屋裡四處奶粉、尿布、嬰兒用品的人工香氣、食物攪成碎泥的味道，乾淨有時近乎噁心，她把娃娃放上推車，去廣場坐著看人，去公園看人掃樹葉，雨，要下不下的。

等不及張明倫拿學位，她帶孩子回台灣，工作未安頓前，把孩子放在高雄，一路就到今天。最近幾個月，愈來愈多理由看不到孩子，和鄰里出遊，打預防針，出門看親戚，請她不用多跑一趟。她早該有預感。吃過晚餐又在附近踅幾圈，夜深，屋子仍無動靜。她開始往壞處想，有必要做到這地步？公婆一把年紀，換住處不嫌折騰？她撥打張明倫手機，沒應答，不死心又撥，還是沒接，繼續按門鈴，統統沒有回應。

去電郵質問張明倫，隔一日，回信來，輕描淡寫說去親戚家住一陣子，請她別找。這是什麼意思？她打電話找到他。「你是存心藏小孩嗎？」一如既往，她愈激動，張明倫愈不理會。「妳可以小聲一點嗎？」張明倫彷彿摀著耳朵。「我可以，但我怕你聽不見……」她激動裡老藏不住慌張：「因爲我聽不見你的聲音，線路有問題？我不知道，張明倫，你講話可以大聲點嗎？」光一個聲音問題，他們就能吵起來。事事總無法追溯到底爲何而吵，只消幾個點觸動引信，便即時爆炸。他們原非浮躁之人，也絕無意料自己有朝一日如此吵鬧。他當然因爲她有些不同才追求與她的婚姻，但後來彼此的不同卻未必爲婚姻生活帶來更好品質，現在，他們開始落入通俗劇，再怎麼想演得優雅，做出來的事還是差不多。律師要她記得帶錄音筆、攝影機，存證他們確實帶著孩子不告而別。

「你竟然不讓我見孩子。」她邊哭邊說。

「並沒有。」張明倫說：「妳每次把孩子帶走，也沒有告訴我們去哪裡。」

在幾乎遊蕩過高雄所有適合小孩吃食玩樂，不受風吹雨打的地方之後，這一年，她經人介紹分租了公寓房間，努力想安定下來：星期六到公婆家接孩子，圖點家常生活的甜蜜，星期日時間到再把孩子送回去。大人之間確實沒有什麼交談，也沒法交談。不過，事已至此，她得和張明倫正面交鋒。他的口吻很平靜，好像這只是一件小事情。

「我需要知道孩子在什麼地方。我隨時都有權利行使我的親權。不是你方不方便，事情不是只有你方不方便的問題。」

「對，但我也有權利行使我的親權，當我們的權利牴觸的時候……」

「你不能用不讓我看孩子的方法，跟我談事情。這樣做是行不通的。你要這樣讓我投降嗎？不可能，我不會投降的。」

「這樣對妳有什麼好處呢？」

「你用阻絕我和孩子的親情，來達成你想要的目的，不可能的。」

「沒有。這是兩回事。」

「你爲什麼要把它弄成一回事呢？」

張明倫不回答，她知道他並非出於理虧，而是認爲她不可交談。戀情甜蜜往往無聲，婚姻沉重亦是無聲。以前是張明倫迴避她，現在，是她怕著張明倫，她從來談不過他，儘管他的聲音細穩而平靜，但他就是有本事讓她失控叫喊，落得一個歇斯底里之名。

一切請找我的律師談。一種奇怪的安靜。公婆帶著孩子回到原住處，兒子天真粉嫩：媽咪，媽咪，妳怎麼都沒來看我？張明倫的說法很文明，彼此先把婚姻做個解決，不要干擾孩子。法律用字也很文明：顧全孩子人格成長。不管是主訴還是答辯，法律用語能把人間世情寫成另一種小說，一樣虛實難度，一樣充滿便宜與曖昧的詮釋。

聖誕節，她帶孩子回吳興街住幾天，老公寓裡始終擺著玩具、塗鴉、照片，彷彿孫子從沒離開過。母親忍不住叨念，這樣一個好對象，也可以搞到離婚，再說，「要告也應該是他告妳，怎麼會是妳告他？」母親眼中，張明倫比她正常一百倍。母親和張明倫都喜歡講正常兩個字，一個四處聽見、卻不容易明白的說法。父親重聽倒是愈發嚴重，「啥，妳說啥？」張明倫那人絕不大嗓門說話，她卻經常朝著父親耳朵叫喊：「爸，你吃飽了沒？」「吃過了，吃過了。」父親無時無刻不在看政論節目，以前他是那種會寄萬言書給總統府的人，現在，好老好老，看了半輩子的家庭醫生幫他照完攝護腺，故意捏一把：「喲，看看你這老妖精，那個誰誰都死了，你還活著。」回家掀開桌上剩菜，悽悽慘慘，老人吃的菜色比他們臉色還暗沉。她恨母親就不能弄點新鮮東西給父親吃，直到今天，母親還不停止懲罰父親，且因他愈來愈老，折磨得分外入骨。

有些事不是她說得上話。屋子杵在這裡三十幾年，從三張犁變成基隆路再變成吳興街，從四處陂塘、農田，到市場、眷村，博學多聞的張明倫說，那全是用垃圾填成的。小時候，吳興街常常淹水，母親又急又氣，也是那些年，母親發現調職宜蘭的父親已在那兒有了另一個家。背叛本就傷人，矇騙時間如此之長更讓母親顏面盡失。彷彿要比父親更狠心摧殘這個家似的，小學三年級，母親把她送到基隆外公外婆家，自己帶著哥哥在吳興街過活。基隆的雨日日夜夜下得比吳興街更密，可是，水卻沒有淹起來。那些雨，都往哪裡去了呢？童年的她經常感到困惑。再回到吳興街，她已是國中生，附近莊敬路開始整頓排水溝，淹水一年一年少，父親也調回台北，這個家，看似又完整了，但誰也不向著誰，母親偶爾煮飯也不讓父親同桌吃食。婚姻之可悲，她不讓他走，留下來也不讓他好過，她折磨他，因爲你曾經使我那麼難過。

如此怨恨而仇恨，婚姻與家庭還是在，孩子還是大，時代還是一步一步往前走。世紀末的好事是，昔之荒郊僻壤吳興街，劃入新興信義區，地價不可同日而語，不過，房子沒拆，家庭沒垮，屋內依舊囤積數十年大大小小、過時、發霉、褪色、變形之垃圾，那些幾千幾百萬甚或上億的房地產値，只是心理數字，沒眞正脫手賣掉，幾千幾億都不會變成眞的。

新的一年開始，唐涓涓邊打官司邊找房子，辦公室工作量好大，長官不斷刁難，她漸漸沒有信心，同事鼓吹她去算命，搞不好運勢恰恰走到內外夾攻的時刻。第一次在法庭和張明倫碰面，長方桌，各自帶個律師，法官居間，彷彿大學打辯論賽，她竟緊張到手心發汗。張明倫一如既往，眼神冷靜，看不出是好是壞。狀子裡某些生活蛛絲馬跡被放得很大，陳述她何年何月何日何事未盡母親照顧義務，云云。她詫異極了，以爲張明倫全不關心她，沒想他記住了他要的。開庭回來，見老父跌傷了腿，方回神察覺他上下樓早已愈來愈慢，又是拄傘又是楞杖。腳傷之後父親更不出門，反正聊天打牌、嗑牙論政的對象也一年一年老了、死了。不僅屋子關著發霉，生命關著也發霉。唐涓涓開始換算房價，好大數目，心底暗暗吃了一驚，不過，左手進右手出，舊公寓換新大樓，只圖一個電梯，並不保證能換到更好的，除非他們退出台北。

母親哪肯離開台北，她的退休生活正開始呢，打牌，跳舞，泡溫泉。她沿著方便母親的磺溪尋找，士林石牌天母北投，買得起就行。所謂三二九檔期，仲介帶她看了五、六處房子，負擔得起的範圍內，都不合意。某個又是徒勞的星期天，餘光向晚，她漫走靜巷，瀏覽隨時代變易之公寓、華廈、集合住宅參差交雜的建築風景，眼前一棟完工新屋，顏色素樸，規模不大，沒設招待中心，但豎著幾支歡迎參觀的布旗。

她仰頭，一，二，三，四，五，六，七，頂樓陽台倚著一個男人，視線交接，沒說話。

再一會，「看房子嗎？」男人朝下喊。

她會意過來，原來男人是銷售員，方才她以爲是個搬家中的住戶。

「房子多大？」她隨口問問。

「權狀六十八，三房兩廳。」

她心裡換算，坪數東扣西減，差不多合住，但價錢是完全不可能的吧。

「就剩這一戶了。」男人對她說：「要上來看看嗎？」

這類話十之八九騙人，她很清楚；再說，沒有上去看的道理，她買不起。偏偏不曉得哪來一股氣，她起心動念，看就看，仲介不過仲介，不買也不吃人。

男人下樓來接她，迎面片刻，眼神口氣都愣住，但也只是一下子，便繼續介紹房子。她聽得多，答得少。男人看出她意興闌珊，停了話，卻又打量她，幾乎不客氣，然後，往胸前口袋掏：「給妳一張名片吧。」

她接過來，看一眼名片上頭印字：許耀仁。

她大吃一驚，幾乎說不出話來。

對方忍不住問：「妳不記得我了？」

她得看清楚點。這是許耀仁？那個夢中人？小學同學？若非有許耀仁三個字，眼前這人她不可能認出來。

「我記得你名字。」她說：「你變得很不一樣。」

「當然不一樣，都幾歲了？妳倒是沒什麼變。」

「這是讚美還是消遣？你怎麼會在這裡？」

「我們公司蓋的房子。」許耀仁回到原題：「妳找房子？」

「對，不過，你們這房子我可買不起。」

許耀仁笑了。接下來，她以爲許耀仁會繼續推銷房子，不總是這樣子嗎，老同學一旦賣起保險、推銷化妝品、鼓吹臍帶血，同樣沒法把握哪句話眞哪句話假。不料許耀仁樂得輕鬆，說自己最近在此駐點，大半時間還是留在基隆。今天好巧。我雖不管銷售，但工程品質歸我管，所以，還是可以給妳做點保證。我們最近有個建案還上了報，基隆顏家的地，顏家妳知道吧，礦大業大，宅子也大，偏偏叫陋園，不過，現在只剩一小塊，我們標下來了。正在蓋。有老同學還來問我呢。留在基隆的多半還碰得上。對了，班長姚平後來跟徐雙美結了婚，想不到吧，我去喝了喜酒。陳立立，妳有印象嗎？一個莫名其妙高燒竟然就掛了，眞讓人說不出話來……

許耀仁的口吻聽起來不同於兒時桀驁不馴的印象，那時候，他老做些讓人費解、招老師處罰的行徑，還不時搞得同桌女生哭哭啼啼。老師無可奈何把剛從台北轉學過來的唐涓涓放在他旁邊，不知是因爲安靜，還是因爲陌生，兩人之間倒沒起什麼糾紛，他沒欺負她，她也沒打小報告。

「妳還記得那個楊素貞吧？」

「當然記得。」

「她現在可是女企業家。」許耀仁說：「基隆的第四台全是她家的。」

因小兒麻痺而延遲就讀的楊素貞，考量輪椅進出方便，和他們一樣老坐在教室最後一排。她每天總把額頭梳得精亮，往後紮起一根大馬尾，彷彿爲了顯露自己比這一室黃毛鴨大上幾歲的威嚴。女企業家？想想也不奇怪，她的管理能力有跡可循，除了少數幾個女生能置身事外，大多數人在楊素貞的領導下成一陣營，而她，唐涓涓，就是那個陣營經常把玩、對付、處理的對象。

那些年，每天上學她看到楊素貞就背脊發涼，許耀仁則完全不在乎，甚至可以說，幾乎只有許耀仁，楊素貞還畏他幾分。兒時井水不犯河水的兩人，現在反倒在事業上有了幾分聯絡。「她還記得妳呢。」許耀仁似乎故意這樣說。她不想回應，那些記憶想起來都是不愉快的，然而，類似楊素貞的角色，在她後來的人生裡，還是陸續出現，倒是許耀仁沒再有過，除了夢中——

唐涓涓把關於夢的思緒給壓了回去。不是嗎？這實在太怪異，將近三十年沒見面沒聯絡的人，反覆現身於她的夢中，次數多到她彷彿從未忘記這個人，可事實上，她對這個人除了名字一無所知，後來歲月他做了幾個孩子的父親？發福了？和善了？還是精瘦如昔？她毫無線索，孰料此刻眼前走來這人自稱許耀仁，她看著他不太相似，說不上夢中比較深刻，還是現實比較可靠？

繼續上班，周末南北急行。許耀仁答應代她留意房子。張明倫用完所有耐心，甚至開始被激怒，可他的怒意表現出來還是冰冷的：我沒時間和妳爭執，也無須動之以情，歇斯底里更是不敢領教。張明倫所流露的冷峻、武斷，一次一次戳傷她，否定她，她沒法如張明倫那般自信，但她得抵抗，否則就將落入挫折的深底。她愈說愈急，愈說愈亂，音調愈來愈高，直到張明倫別過頭去：唐小姐，請降低妳的音量。

「請你告訴我現在孩子在哪裡？」

「他在我身邊。」

「他在你身邊？我要跟他講話。」

「他剛睡著。妳也知道，現在是他的睡覺時間。」

「我不知道。我連他在哪裡，是生是死都不知道。」

「妳不用這麼誇張。他很好。」

「我不能只是聽你說他很好，我需要見他，我要單獨見他，我不要在他面前跟你爭吵。」

「那是妳的說法。我不放心，我怕妳把他帶走。」

「我不會把他帶走。你不信任我，我也不會信任你。」

「……」

「你不能不讓我見孩子。」

「……」

「張明倫，你不能不讓我見孩子。」

「沒有不能見，只要妳 promise 不會把他帶走。」

「我 promise，promise，張明倫，promise 的中文叫作我承諾，我發誓，不會把他帶走。」

這些語言反覆在她腦海播送，夢中亦生回音，promise，這話原該什麼時候說？張明倫你何必踐踏你我至此？喪禮屬於黑，婚禮屬於白，那個叫作許耀仁的人，握一握她的手，在人群祝福來臨之前轉身走開了。她望著他的背影，花的香氣，感覺婚紗裸露的手臂好冰涼。

I promise you to lay my heart in the palm of your hands.

I promise you, me.

她醒過來。靜如詩歌的夢。

許耀仁打電話來那一天，她請假去出庭，張明倫提到她的舊病歷，她很難過，即便只是同情，更甚對路邊小狗的憐憫，張明倫一絲一毫沒有嗎？沒有，也許真的沒有，世間不是人人都必須一樣。她想著，在過去這段爭執裡，張明倫好幾次說：「妳這樣太野蠻了。」那是什麼意思呢？她不可理喻？她不顧慮別人立場？她沒有腦袋？張明倫腦袋裡的她如今還剩下什麼呢？無論如何，婚姻實在不該將人與人帶到如此地步，他們表現給對方的自己，想來實在極壞極壞，在婚姻關係以外，他們不可能對人如此冷漠、憤怒、毫無耐性，甚至他們從來不曾有一時一刻願望自己成爲那樣的人，可是，爲什麼，他們卻使對方也使自己成了這樣的人？

回家公車走得如此之慢，這原是滿地荒野如今平地起高樓，奢華處處，物欲橫流之信義計畫區，無時無刻不擠滿人潮、車潮。喧喧囂囂之間，許耀仁聲音聽起來非常超現實，彷彿哪來一個小學生穿越時空，誦念課文般地跟她羅列房屋資料，她感到疲倦，任性打斷：「對不起，耀仁，我現在心情很糟，聽不進去。」

許耀仁愣了半晌，沒多問，留幾句話收了線：「好，妳有空再回我消息。」

公車繼續行過火樹銀花、海市蜃樓，好不容易轉進尋常住宅區，乘客一站一站按鈴，一站一站下空了車。婚前她曾充滿情感地跟張明倫描述過這一段路，整個中學的記憶：一票綠制服從公園路上車把公車擠滿，沿著仁愛路、信義路精華地段，在校園占盡光芒的那些女孩們陸陸續續下車，她會等到位子坐下來，而且還會坐上很久，久到霓虹愈來愈稀疏，車內愈來愈空，久到公車駛進彼時尚屬松山區的吳興街底，全車幾乎只剩下她一個人了。

那些時光，遲歸的夜總像含著露水似的，最後幾班公車在總站迴旋，一匹一匹如愛睏的獸舔舐整理自己的巢位，然後，就把引擎與燈都熄了。她走得很快，腳步聲連自己都覺得詭異，不遠處的四四眷村或有幾聲狗吠，燈暈下驚起成群飛蚊，公寓盡頭就是山壁，那時山上還沒有別墅，除了月與星光，暗得讓人以為天際線就到那裡而已。

張明倫聽得出來她想說什麼嗎？她自己又能否眞正說清其中有些什麼？對，她太野蠻了，過分精細的東西足以使野蠻人發瘋，但文明人張明倫呢？他能懂得一切精細並信心滿滿地掌握住自己嗎？她不知道。很多時候，張明倫留在她心裡的印象，就像愛丁堡那些鬧鬼的古堡，森冷，陰鬱，她懷疑張明倫在那其中自己能看得清楚自己嗎？

夢與現實，什麼是眞？什麼是假？人對自己的了解，或許就是一場夢與現實的折衝。方才電話裡的許耀仁，想來早從那些遲歸的夜晚，就曾一次、兩次恍恍惚惚穿梭於夢，她不以爲意，隨著人生愈往後走，許耀仁沒有愈發淡薄，反倒愈發明晰；明明青春消磨殆盡，細胞老化不再新生，夢卻執著回到如同稻苗直直抽長、身體永遠跑得比衣服快的歲月。她在作夢，自己也不理解，淡淡哀傷，或者，強烈驚奇的夢，夢裡人帶著狡黠而溫柔的神色。她往往於一瞬間，因那一抹狡黠而意會到夢裡人是許耀仁，然後，就醒來了。許耀仁是誰呢？光陰迢迢，人海茫茫，人之內心懷著如許神祕之情，卻指向一個人生毫無相涉之人，一個不相干之人，過去，她曾因爲這不相干感到夢的安全，現在，不相干使她生出了現實的愁緒。

事後幾天，她回了電話。許耀仁帶她去看公司另一個建案，二手轉賣，品質還行，但臨著大馬路，實在太吵。另一件是別人介紹，遇好則貴。她說：「抱歉。」

「這有什麼好道歉？」許耀仁皺眉，見她無話，又說：「妳看起來比上次差多了。怎麼了？」

她嘆一口氣，彷彿爲了要拋開害羞甚或羞恥，藉那聽起來就庸俗的嘆氣做一點僞裝，她講了自己的婚姻，講了張明倫的事，故意講得庸俗，用庸俗的口吻把故事一倒而盡。

「我不明白他爲什麼這麼恨我。」她長吁一口氣，喝掉一整杯水。

「沒什麼恨不恨的，他只是想解決問題。」

她看他。他笑一笑，補上：「用他的方式解決問題。人不過是自私。沒什麼恨不恨的。」

她遲疑著，不知道該不該點頭，現實中她根本不了解這個人，然而，在夢裡，他總能使她安靜下來。

「上次你提到楊素貞，」她說了不相干的話：「你記得吧，她那時候老欺負我，是爲什麼呢？」

「她只是要找一個比她更弱的人來欺負而已。」

「她哪裡弱？她強到班上女生全聽她的。」

「不，她很弱，所以她才要欺負妳，使自己變強。妳不懂，是吧？到現在妳還是不懂。」許耀仁看著她笑了：「妳眞的跟小時候一模一樣。」

他的口吻讓她忽地接不上話。什麼叫作跟小時候一模一樣？那些女孩故意撞她手肘，扯她頭髮，丟她書包，或把水倒在桌上，使她慌張失措，當她們圍在楊素貞身旁，爭相以尖酸刻薄的口吻嘲笑、譏諷她，更能使她紅了眼眶。那種時候，許耀仁若非露出一種不屑、嫌棄妳們女生就是這麼麻煩的表情，就是若無其事和他的徒眾繼續交換那些被禁止的紙牌、報紙或雜誌剪下來的色情圖案，間或故作成人說幾句凶狠的話。有幾次，上課鐘聲響了，男孩女孩散去，老師還沒有走進門的一兩分鐘空檔，許耀仁彷彿使什麼新奇詭計似的，從書包抽出一本書：「喏，借妳。」

那通常是些洋溢外國風的書名：《簡愛》、《咆哮山莊》、《蝴蝶夢》、《黛絲故娘》，也有一、兩次，許耀仁抽出不知從哪裡弄來的《紅樓夢》、

《金瓶梅》，捲得黃黃舊舊，即使小學生也似曾相識的書名。許耀仁的口吻難得稚氣：「我姊姊的。」她沒敢在學校看，埋進書包裡，帶著一種奇妙的重感，走回家，在經常下雨的窗前，翻過來翻過去，像玩具，而不是書。過個幾天，許耀仁把書要回去，然後，直到下一回她又被楊素貞欺負到哭了，許耀仁也許有，也許沒有，變個一兩本書出來。

許耀仁還記得這事嗎？老說跟小時候一模一樣，是指她幼稚全沒長大？她早不是當年那個哭得靜悄悄的小女孩，她抵抗，甚至胡亂喊叫，這算長大還是更幼稚？她懊惱自己情緒浮躁，且還不會隱藏，就像上回電話，一句我在忙不就好了，什麼心情糟不糟的，一點都不成熟。也恨自己想太多，沒什麼恨不恨的，張明倫不過是想離婚，不過是彼此作錯了夢。如此簡單劇情，何必向人傾訴？眼前這個人不過是可憐她，像小時候看她被人欺負，多招呼她幾句罷了。她當眞幼稚到以爲夢如現實？

那天終了，她對許耀仁說：「官司搞得人好煩，買房子我也不急，過一陣子再說吧。」她讓自己加上一句：「謝謝你。」

許耀仁消失了。夏天來臨，熱浪頻頻，暴雨連連，全球暖化，無一倖免。

偏偏，紅橙黃綠藍靛紫，花花世界愈熱愈美，徹底的藍，徹底的白，徹底的綠，徹底的紅，原色晶瑩之美，炙熱衝突之美，琉璃幻象之美。

一個許耀仁消失，無數個許耀仁回到夢中，而且，這次，他成爲一個實存的人，有線索的人，連帶著使作夢的她變成一個眞實的人。如果，夢比現實還眞實，那醒來之後的現實是什麼呢？該怎麼辦呢？她感覺自己就要亂了分寸，就要失散如野蠻人。她擰著自己，回神踩上現實的節奏，她還有官司要打呢。她和許耀仁之間什麼都沒有，不過一起看了幾間屋子。激情存在於想像，日常生活負責輾平人與人之間的幻象，是的，幻象，這是幻象吧？在那些童年的書裡，不都寫些孤獨寂寞的人如何被激情所毀，這些所謂經典到底是歌頌幻象，還是揭穿幻象呢？不懂，許耀仁借給她那些書是在裝大人，但等他們眞的變成大人之後卻很少再看那些書了。

除了愛丁堡，那些陰霾而濕冷的秋冬午後，好不容易哄睡了孩子，她給自己沖一杯茶，從滿屋子屬於張明倫的書裡，挑幾本似曾相識的小說，讀得很慢很慢，一頁，一頁，不時停下來去查字典。屋裡又潮又靜，她有時要去摸摸孩子溫熱的臉頰，才放心他還活著。愛丁堡的雨讓她想起基隆，卻不曾想起許耀仁。那時，她想的只是張明倫，她當然也是因爲他有些不同才追求與他的婚姻，但後來那些不同到哪裡去了呢？婚姻生活裡，他成了一個和其他男人沒什麼不同的人，若有些不同，只是那不常見的冷靜與殘酷。她一行一行讀著那些緩慢而細節的描述，心想，有餘裕這樣追根究柢的心靈，是幸還是不幸？張明倫曾抱著什麼樣的心，讀過這些字字句句？他們既讀了同樣的字字句句，一個屋簷下爲何還是如此隔閡？曾幾何時，愛的幻象：當她忘我談著喜愛的電影，張明倫的神情使她覺得自己變成了另一個人；當張明倫說：「我們在世紀結束之前結婚吧。」她想人生最好的事情也許正在發生；她甚而孩子氣地問：「老了以後你還跟我約會看電影嗎？」什麼叫作老了之後？她忽然醒覺，她很久沒進電影院了。

張明倫的答辯狀已經寫好。在那份以法律用語所構成的小說裡，她對婚姻的信任與傾訴成了舉證材料：和母親關係不睦，讓人懷疑她能否成爲一個慈愛的母親；精神科就診紀錄，間接證明她人格偏頗；她的經濟相對處於弱勢，孩子長期由公婆照顧亦是事實。庭末，張明倫詢問下次孩子出庭的可能性。法官做出思索貌，然後說：「嗯，孩子的意見也是很重要的。」她簡直驚駭，說不干擾孩子的不是張明倫嗎？絕對不該把問題丟給小孩，絕對不該讓小孩二者擇一，她堅持，做一個母親她得強悍也得柔軟，她不忍心，然而，倘若孩子日後發問：爲什麼當初妳放棄我？爲什麼？爲什麼？每個孩子都喜歡問爲什麼，但不是每個大人都答得出爲什麼？爲什麼？

她打電話給律師：「我沒辦法接受孩子出庭。」

和解日。無和，亦無解，不過是明定條件切割兩造不再滋生後續交涉。兩造，張明倫早已不再稱呼你我，代之以兩造。台端。貴方。故意隔開距離的嫌惡，種種狀似教養實則陷阱處處的說辭。禮貌。程序。文明。這回現身的調解委員是位受過總統表揚的績優志工（她想起訴訟開庭前的調解，一個被認爲非常有愛心的退休校長，以老派紳士的口吻說：二位，我們是只調合，不調離的），面對她與張明倫爲一年探視幾天、過年過節以及寒暑假如何處理、電話或視訊是否須經張明倫同意並在場等問題而僵持不下，績優志工打斷他們，如做導覽或演講，把事情順了一遍，然後，以年長女性對年輕女性的眼光，微微帶著權威，做個小結：「所以，妳也未必善盡母親的義務，不是嗎？」

有些話聽起來很老套，很體己，老套傷人往往最自以爲是，體己也最看準痛處，殺人不見血。她離開，跳上捷運往反方向走，來到踏查多次的礦溪，遙遙望見那間遇見許耀仁的房子，她知道，自己是真喜歡那房子，但是，買不起，事實非常清楚。

她徘徊，旗子還在，沒人在那裡照料，她心想，自己指望什麼，巧合只在通俗劇裡發生，日常人生不會，不會有那麼多的巧合，就連運氣也不怎麼樣，連張統一發票都沒中過，母親挖苦她說：還買什麼樂透。

春日勃勃生長，夏季萬物炙熱，渾身內外地燒，逃無可逃，躲無可躲。她收拾下班，日復一日塞車，台北曼哈頓，她的吳興老宅，老父依舊看電視，藍綠依舊對立，物價依舊飛漲，人人笑貧而不笑娼，文明的貪婪猥褻比野蠻還要不堪。活著不就該懂得這些？痛與暴力的捶打，猛烈的澆熄，一次不死，一百次總也該疲了，生之動能消耗殆盡，微微弱，呼吸著，熱度什麼時候降了下來，一陣風吹來，空洞的涼，秋天到了，她哀哀之想，消滅到底，消滅到底吧。

優質社區，管理優良，出入單純。明星學區，百貨商圈，豪宅比鄰。景觀電梯華廈，離塵不離城。仲介打開門，有些壞到可怕，不知前人怎麼生活可以把屋子住成這樣；有些冷得像岩窟，連蟑螂都跑光的霉味；有些像發生什麼可怕的故事連收拾都來不及，東西胡亂擺著就走了。綠蔭環繞沐浴芬多精，近公園，近古道，近市場，近圖書館，仲介硬中帶軟：「屋主剛移民，理想價格才肯脫手，妳知道，現在房子放著也不賠嘛。」

徒勞終日。她跟仲介說再見。隔壁巷子是遇見許耀仁的建案。她走過去，旗子已經撤了，沒有人。

正要走出巷口，一輛摩托車掃過她身邊，又繞回來。

「嗨。」摘下安全帽，是許耀仁。

秋風瑟瑟，她一下說不出話來。

「房子已經賣掉了。」他說。

她還是說不出話來。我消滅了自己，難道沒有消滅了你？她哀哀之想：你從哪裡冒出來的？

「陪我去做檢收吧。」

上樓電梯有點尷尬，許耀仁又像念課文似的：「上次跟妳講的那個基隆建案快完工了，怎麼樣，有沒有興趣？雙併七樓，三房兩廳，有電梯，有陽台，完全符合妳要找的條件，同樣是信義區，還加個名字叫君悅，妳說，是不是把你們家的要素全備齊了？」

他故意要逗她笑。她笑了。

「要搬來基隆的話，我幫妳留一戶。」

許耀仁打開屋內所有門窗與電源，又轉進廚房、廁所去試水龍頭。屋裡的垃圾清了，灰塵也大致掃過。她看著他忙，想起過高而顯瘦的兒時許耀仁，比大多數男孩更短地理著三分頭，卡其色制服不知舊了還是泡過漂白水，顏色很淺，他老想把話說得下流，但她看他簡直像有潔癖。

「你姊姊後來如何？」她說。

「妳問哪一個？」

「小時候你偷她書的那一個。」

「這種事妳也記得？」

「我就記得這個。」

「那是二姊。相不相信，後來她去當演員，沒成氣候，現在又老了。」

「誰？我看過嗎？」

「應該沒有。」許耀仁把燈全打開，又把燈全關上：「那些書妳眞看了？」

「看了。看了也不懂。長大以後才知道，那本《紅樓夢》根本是假的，哪有那麼薄的《紅樓夢》。」

許耀仁不好意思摸摸頭，笑得特別大聲，那就是他小時候的模樣。

「走吧。」許耀仁把門打開：「帶妳去走走。」

他遞給她一頂安全帽，她全無猶豫地接過來，戴上去，好像非常熟練。他們離開小巷、社區、商店街，轉個彎，大風大沙承德路撲面而來，事態宛如日出日落般自然，她把手環上他的腹間，內心忽地湧生什麼，靜到突然，一股清明直竄而上，宛如龍捲風狂掃所有模糊、揣測、不安，眼前八線大道馳騁而開，不再是幻象，但沒有目標，不復期待，卻也停不下來——

他們一路滑向北投，直到路旁大同公司的拆卸作業驚醒他們，抬頭仰望，機械正在切割過去熟悉已成地景的紅白商標，裸露出寂寞的橄欖綠外牆，被支解的殘骸，巍顫顫自高空降落，路人如螻蟻仰望，有誰就在此刻喀嚓按下快門，啪，俱往矣。

許耀仁再度左轉，加速飛過台北最後綠地，馳騁盡頭抵達淡水河岸，關渡大橋和老大同一樣褪了色，河面觀音倒影亦被八里高樓切碎，過去無數淡水寫生所描繪的藍天、白雲、綠樹、紅瓦、黃貓、黑狗、灰色的人，已隨光陰流向大海，二十一世紀的人類正匆忙趕赴最後的夕陽。許耀仁在風裡握了握她的手，暮色如狼似狗，亂雲層層翻湧。她沒說話，一句話都沒說。塵埃細細，色壞形空，萬事萬物糾纏沒有盡頭。

她不知道許耀仁要去哪裡，也許越過淡水，轉過金山，直到基隆也不一定，從兒時到此刻，許耀仁似乎沒有什麼事情做不出來，她內心浮出這樣的念頭，但又覺得自己可笑，她哪裡了解他呢——

是的，她哪裡了解他呢？這一念之間的覺悟，秒差距，光年迢遙，一個巨大碰撞終結所有聲息——

（未被命名的天體以難以解釋的角度撞擊了地球，兩者碎片拋射於太空，經過數百萬年擦撞，形成了月球。）教室裡的她如此認眞，低下頭抄寫筆記，卻彷彿有誰，有誰，靠近她，堅持要她抬起頭來：

（妳看，這是阿波羅計畫從月球上帶回來的岩石標本。）攤得直又平的手心裡，呈放著一片小碎石：（它裡頭含有很多和地球相同的元素。）這握有碎石的手，魯莽而不氣餒地，往她眼前直直逼近：（相信我，眞的，這是眞的。）

她忽地張開眼睛，巷弄依舊，旗子已經撤了，沒有人。某扇窗點上燈，打開了電視，拖鞋啪噠啪噠跑過木地板的聲音。這是夢。相信我，眞的，這是眞的。她慢慢走出巷口，月牙正浮出天際，靜到突然。

・關於本篇題目，詩人李進文曾有佳句：「對愛／靜到突然擁有一切喧囂」（《靜到突然》，寶瓶文化，二〇一〇），不敢掠美，特此註記。

天竺鼠

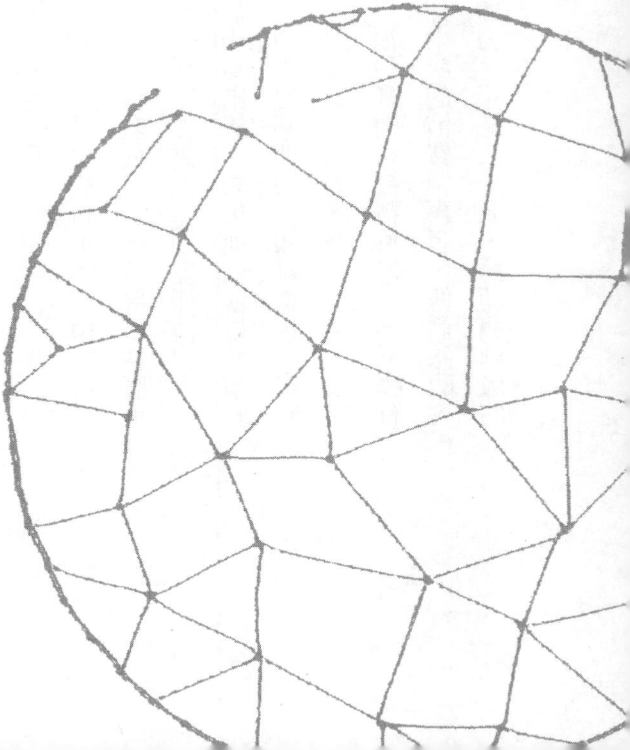

我們搭起一棟房子，我們工作，購物，踏青，探望父母，出入作息正常，假裝這個家庭就算稱不上幸福美滿，也是平靜安穩的。愛是可以模仿的嗎？愛是危險的問題，避開這個危險我們可以模仿成眞地生活嗎？

蘇菲醒了，天還沒大亮，與威廉兩人抓起昨晚整好的行李，迷迷糊糊開車上路，霧氣濛濛，接近最後一個休息站的時候，飄起了雨。

找到所謂信用卡特約停車場，把車子交給別人，威廉覺得很不習慣，最後關頭依然想方設法要自己來。「我就是不習慣別人開我的車。」威廉不情願地跟蘇菲背著行李出來，悶臉登上廂型車，讓停車場的人接駁他們前往機場。

這些程序，之於他們是新經驗。雖說關於中產階級（如果他們就是所謂的中產階級）可以享有的各種小優惠、小福利，再怎麼不關心，報紙電視、車廂廣告、辦公室裡的生活雜談，還是有辦法把資訊塞進他們的腦袋，不過，只消他們腦筋拐個小彎，很快也就明白，這些看似福利實則早被精算過，天下哪有白吃的午餐，就算眼前確有好處也必然牽涉你下次的消費。再者，他們餘暇太少，吃喝玩樂不僅需要金錢，還得有時間與體力。年過三十五，蘇菲與威廉的大半生活，無非按表操課：賺錢，花錢，再賺錢，再花錢，整個經濟結構要維持效率運轉，基本之道就是要更效率地把消費者口袋掏空，時不時向你推銷保險商品，告訴你人生如此朝不保夕，要不慫恿你不斷加碼額度，這樣才能顯示足以與身分匹配的消費力，就算只是上網買個東西，螢幕周邊廣告如小蝶飛舞，惑得你眼花撩亂，茫茫然衍生許多不在規畫內的消費……

久而久之，他們寧可慶幸自己太忙，忙到沒時間逛街比價，沒時間網路衝浪，好比這次旅遊，兩人都懶得計畫，不過是幾個晚上點幾個旅遊網頁，就在網上報了名。這將是蘇菲與威廉跟團旅遊的開端，雖然不知以後還會不會再有，但是，過去仗著時間與精力無窮盡，去哪裡、怎麼去、去了又做些什麼皆無所謂的漫遊，恐怕是過去了。

直到最後一刻，蘇菲才開始把東西放進行李箱，丁點沒有出遊心情，就連翻上幾頁旅遊書的期待也沒有。夜色已經降臨，出發在即，蘇菲不得不面對現實，把衣櫃開開關關，房間、浴室、廚房走來走去，硬生生把日常生活從早到晚、從醒到睡，細細模擬一遍，清點各式大件小物，然後，心內便不免湧上了氣。

煩躁。蘇菲漸漸能夠區辨自己的情緒。她沒有對誰生氣，只是煩躁，日常生活使她煩躁。

日常生活，說得容易，可這些年，蘇菲愈接近它，愈領教它絕非簡單對手，絕非現成一艘讓人隨便上上下下的渡世方舟。作爲一個妻子，蘇菲在應對日常生活種種繁瑣、俗膩、反覆、頑固，以及那些時不時冒出之溫善、恆常的勸誘，以至於讓人不得不投降而默默容忍並允許了它的日復一日的過程裡，徹底領教了現實堅強的道理。

日常生活，有它天羅地網、牽一髮動全身、一旦失序便搞得雞飛狗跳的組成：水電、瓦斯、電信、網路、信用卡、金融卡、健保卡、一般垃圾、資源回收、廚餘分類、掛號、包裹、簽個名、別忘了冰箱裡沒薑、沒蒜、沒洋蔥、水管堵塞、衛生紙用光、管理費忘了繳，還有那該死的身分證，電梯裡貼公告：「佳美攝影店爲敦親睦鄰特來本社區提供拍照服務，屆時請正面端坐、表情自然、不能眨眼、不能露牙、不能遮眉……」蘇菲看著哼哼幾聲，心想這麼多不能、不能、不能，一個人表情還能自然到哪裡去？

日常生活，蘇菲愈發承認這就是根本現實，無論喜不喜歡注定無法踢開的現實。每個人出生、入學、兵役、結婚、離婚、死亡，一生在戶籍裡不過被謄寫成制式幾個字，日常生活卻是每天每天都充滿疑難雜症。她以前曾經有過那麼點不耐煩，不想按規矩來，現在可好，念書、工作、結婚，連旅遊都開始排隊，像隻狗乖乖把頭套進項圈，等主人下指令才吃飯。她不太服氣，卻又不得不妥協，從上餐廳、拍婚紗到觀光旅遊，無論是待遇或價格，經驗數據明白顯示：兩個人，一整套，就是最經濟、最效率、最安全的方式。

機艙內鬧烘烘，這是精挑細選的早去晚回，搶一天算一天，多用心的旅行社。蘇菲過往幾次貧窮旅行恰恰與之相反，那時別的沒有，就是時間多，若非故意搭乘晚去早回，觀光客不要的班機，就是上機，下機，轉機，耗在機場漫長等待，幸好她喜歡機場，無國境的漂流失重，相對，威廉怕搭飛機，所以他們很少出遊，就算他的弟弟華森已在東京住了好些年，他們卻是第一次來。

飛機開始滑行。威廉放下報紙，神色嚴肅地盯著機艙介紹、逃生指南、救生衣穿法。蘇菲想提醒他，緊張就別看，愈看愈緊張。前天半夜，威廉喊聲把她吵醒，好委屈說又作了墜機的夢。「啊一聲大爆炸了。」威廉說：「我一直叫妳，一直叫妳。」

飛機引擎逐漸加速，如巨鳥鼓滿力氣，準備斜身上衝。飛航安全解說提醒做母親的乘客：當氧氣罩落下，先把自己罩好，再幫小孩配戴。蘇菲每每納悶這豈不是違反母親本能，不過，或許正因如此，才需要特別提醒吧。照顧好自己，才有能力照顧別人，蘇菲想，反應時間那麼短，的確太有可能自己還來不及弄好保護，狀況就已經發生，如同夏日溺水事件，救人者熱身不夠，水性不夠好，反倒被溺水的人給拖了下去……

胡思亂想之間，她感覺到威廉的手伸過來，藏著矜持在她手背上拍了拍，他眞是夠緊張了。

「妳知道嗎？」威廉這樣說過：「人設計來就是在地上走，如同鳥設計在天上飛，魚在水裡游，如果移動方式不符合自然設計，腦中分泌就不會對勁。」

蘇菲沒法反駁他，她當然也相信人無法勝天，不該違逆自然，可是，要因爲擔憂風險而限制自己移動嗎？人類已經從爬行到直立，從輪軸到拉車到汽車，對比其他交通工具的肇事比例，飛機應該相對安全吧。另一個使她感到矛盾的節點是，威廉不是好喜歡飛機嗎？不管是把玩飛機模型，還是約會初期特別帶她到美術館裡看飛機一班一班低空掠過，威廉不都比蘇菲還興奮嗎？

也許，冒險是一種感覺，就像電影院裡看恐怖片是一種舒爽的刺激，消費過後，我們還是很安全地活著。至於，眞的冒險，就未必人人願意了。

引擎聲音愈來愈尖銳，蘇菲感覺臨界速度已到，飛機開始爬升，他們一起往後微仰，所謂最危險的十五分鐘，威廉緊握手把，蘇菲腦中念頭閃過，倘若飛機現在眞有狀況，威廉會怎麼反應呢？恐怕什麼反應都來不及吧？「一了百了。」吵架時候，威廉會這麼說。

空服員送完最後一筆免稅品交易，安全帶燈號亮，機身緩緩下降，空服員再分批檢視每位乘客是否繫好安全帶，餐桌收起，椅背拉直，一切依照標準程序，駕駛艙各式儀表會自動修正航向，自動調整高度，自動落地，沒有什麼需要特別操心，順暢，安全，祝您旅途愉快。

一個完美落地，沒有發出使人心臟耳膜難以承受的劇烈摩擦。飛機順著跑道滑行，威廉臉上露出了笑容。

Follow me，導遊說。不用拉行李，不用找地圖。遊覽車把他們載到箱根，富士，享用溫泉晚餐，然後回到都心，皇居，神宮。導遊表現出興奮：「這檜木可是我們台灣阿里山來的喔。」對神社沒興趣的人可以去逛表參道，晚上有樂町，早上築地，淺草，雷門，大紅燈籠高高掛。

「各位，各位，行方不明，你們知道這是什麼意思嗎？」導遊拿著小蜜蜂嗡嗡嗡：「失蹤，就是失蹤啦。所以，各位，你們千萬不要有誰給我來個行方不明，否則，我的飯碗就砸了，拜託拜託，Follow me。」

蘇菲總算成爲一個觀光客，置身由夫妻、親子、朋友組成的團體，威廉溫和能說笑話，蘇菲由辦公室雜談汲取經驗，和團員互動都好，幾乎可得模範夫妻評價。不過，行旅第三天，漸漸顯露疲態，一團人在吾妻橋等搭水上巴士遊隅田川，導遊介紹對岸天空樹已經取代東京鐵塔成爲新地標，至於眼前這座金黃色的雕塑，是法國設計師 Philippe Starck 的新作……

蘇菲想起來，她買過這個設計師的檸檬榨汁器，又細又長的腳像外星人降落地球。好久沒用了，蘇菲想，美則美矣，卻不見得好用，檸檬汁老濺得她手濕。導遊說這作品是爲朝日啤酒設計的：你們說，這是像啤酒泡沫呢？還是一朵金黃色的雲？一團火？蘇菲身旁的退休老師不客氣說：哎呀，應該是一坨大便吧？

哄笑一陣，他們進船坐定，穿過一座橋、兩座橋、三座橋，紅色、藍色、銀色，第十三座橋來到台場，正是夕陽西下，海風、沙灘、棧道、彩虹橋，既有浪漫，又有科技感，這個東京灣內的人工島就是這樣吸引著觀光客，再加上以此爲據點的富士電視台，不斷把地景置入愛情偶像劇，招來更多劇迷到此滿足憧憬。天黑之後，他們來到購物商場，門口矗立等比例放大的鋼彈機器人，連威廉都很興奮，裡頭從日本代表商品到國際廠牌，應有盡有，雖說在全球化趨勢下，這些商品在台灣也不難找到，但團員們還是逛得賣力，四處比款式，比價格。

蘇菲與威廉吃過拉麵，也打算趁這時段把該給同事、家人的禮物挑一挑、買一買，但是，誰適合什麼禮物？適合多少價位？吃的喝的用的，反覆安排，不是件乾脆容易的事。半個小時過後，蘇菲口乾舌燥，但還是堅持著要把事做完。

「算了，不想買就不要買。」

「我是在幫你買。」

「所以，我說：不想買就不要買。」

人人都說威廉體貼，他看蘇菲一臉倦容，集合時間又只剩那麼一點，所以說了這麼一句話。雖然，事實上，威廉心底非常喜歡給朋友同事送禮物，他喜歡看別人因爲他做了什麼而開心，他喜歡別人喜歡他。

「這趟旅行，我們也許應該自己來。」威廉說。

「怎麼自己來？你願意規畫嗎？還不全丟給我。」蘇菲還在剛才的情緒裡。

「我沒有把事情丟給妳，妳爲什麼不想成我尊重妳，只要妳高興，我什麼時候對妳的安排有意見了？」

「對，我高興，我負責。你沒有任何意見，所以不會有任何錯。我還得謝謝你的尊重。」

「妳的尖酸刻薄又來了。我現在只是說，如果我們自己來，妳會不會比較開心？」

「不要把問題推給我。我不知道怎樣叫作開心。」

「我沒有把問題推給妳。也沒有什麼問題。爲什麼別人自然開心的事，妳一點都不開心？」

「我不開心也有錯？」

「唉，蘇菲，這樣我們是要怎麼講話？」

他們一路賭氣回去，都說旅行是測試情侶能否一起走下去的關鍵，夫妻呢？蘇菲忽然明白爲什麼這些年旅行那麼少。她把行李箱開開關關弄得碰碰響，非常吵，不過是拿了衣服要去洗澡。

「妳爲什麼就是這麼不耐煩？」威廉忍不住說出口。

「對，我不耐煩，我煩死了。」

「妳總是對我的事情沒興趣。」威廉望著蘇菲問：「我想，妳是恨我吧？」

「對，我恨你，恨死了。」

威廉愣住，就算明白也料不到蘇菲這樣應答出來，那是過分難堪了。

蘇菲也停在那裡，彷彿自己也沒準備，話滾出來，什麼千軍萬馬的力量拉也拉不住，覆水難收，就此去了。

新宿之夜，宛如銀河。

蘇菲從旅館大廳走出來，感覺溫度很低，白天明明那樣燥，沒想到夜晚這麼涼。

旅館在西新宿，不久以前這兒是一片淨水場，現在卻是摩天大樓林立。方才房間窗戶僅僅只是推開一點縫，一股強風便猛地颳翻窗簾，連帶遠方高架橋上貨車呼嘯而過的聲音也送了進來。

跳啊，你就跳啊。蘇菲希望自己也能這樣喊。

蘇菲不是那種對自己人生有很多浪漫想像的人，也沒有想要與別人多麼不同，電視劇、社會新聞，各種冒險、奇情故事，她不太會被打動，愈澎湃她愈將之劃入虛擬產品，假造出來的。她以爲現實人生，至少她的現實人生，不會有那麼多戲劇性的打打鬧鬧、自殺瘋狂暴力灑狗血。

誰知偏偏就讓她遇上。若不是隔壁房間因他們太吵而搥牆抗議，戰況恐怕還會再慘烈些，就像以前發生過的一樣，是的，這不是第一次，但她從未把方才含在嘴裡的話喊出來。

他們不是對模範夫妻嗎？誰能料到劇情上演至此。

「妳對外人像隻綿羊，何以對我這麼壞脾氣？」威廉經常這麼說。

她答不出來。她不知道自己何時釀成這樣的壞脾氣？若非在吵架時大喊大叫，就是三不五時煩躁又愛發牢騷，沒耐心聽對方把話說完，沒禮貌打斷對方的話，抓著日常生活裡的雞毛蒜皮，挖苦自己也挖苦別人。這樣的人怎麼可能不討厭？連她自己都討厭自己。就是她這樣的壞脾氣讓威廉束手無策，所以只能絕望地說要跳樓——事情總是如此解釋，事情起因總是在她——蘇菲慢慢走，慢慢試著讓自己平靜下來。

夜風亂竄，眼前東京都廳大小不一的玻璃帷幕，讓它看起來像個電路板。蘇菲在旅館附近遊蕩，視野裡漸漸出現一些怪象，步道四處鋪落紙箱，有人在其中蜷睡，有人聽收音機，看報紙。他們是遊民，無家可歸的人，社會歸屬裡行方不明的人。

倘若依照旅遊指南或導遊建議，蘇菲不該在此處遊蕩，至少也該目不斜視，快步走開，然而，蘇菲此刻心中空空蕩蕩，她無所謂維持著同樣的步伐，甚至與他們視線對望，送回來的眼神多半空洞、冷漠，或有些流露出了嫌惡。

有聲音尖銳在響，一聲強過一聲，蘇菲想伸手去抓，摀住耳朵也行，偏偏全身痠痛，使不上力，眞奮力一抓便撲通落水，蘇菲好驚惶，胡亂掙扎。

混亂中好不容易抓到什麼，蘇菲努力張開眼睛，原來是床邊電話。

「威廉太太，威廉太太，我們要出發了，你們怎麼還沒下來？」

「謝謝，今天不跟了。就在旅館休息。」

「這樣怎麼行？怎麼了？發生什麼事嗎？身體不舒服嗎？」

「對，身體不舒服。今天當作請假。」

「可是，根據規定，單日行程我們沒辦法退費。」

「我知道，我沒有異議。」

「這個，好吧，請問是哪方面不舒服？我這邊有常備藥包，還是，需要我帶你們去買藥或看醫生嗎？」

「不用了，謝謝。」

「眞的不用嗎？這個，呃，妳知道，職責所需，我得確保你們每個人的安全。」

「我理解。不過，眞的不需要。謝謝。」

蘇菲找出華森的電話號碼。

昨晚她走了一兩個小時，回來，開門，威廉不見了。旅館周邊無事。沒有人跳樓。沒有警察。沒有救護車。現在，威廉在睡夢裡，華森的聲音聽起來啞啞的。

「妳要過來嗎？」

「不了。」

「他說想多留兩天。要我幫你們跟導遊問問看怎麼安排嗎？」

「我自己來。」

「好吧。妳一個人行嗎？」

「應該可以。沒什麼不可以。」

「妳確定不過來？我們好久沒見。」

「嗯。下次吧。」

蘇菲掛斷了電話。華森來東京快三年，到底怎麼生活，家裡並不清楚。她與威廉本爲破冰而來，誰知事情演變成這樣。

華森是個攝影師，還在台灣時候，婚紗業興盛，能有不少收入，現在呢？威廉媽媽心裡明明掛念，嘴上卻特意不問，以免問多了彼此都說不下去。那是同性戀尚未成爲一種通識的時代，華森雖沒表態，但也沒多掩飾，把他的日本戀人英二帶來和家人吃飯亦有過幾次，不過，飯再怎麼吃都禮貌客氣，英二就只是個外國友人。

蘇菲不懂她一看就明白的事，爲什麼威廉與媽媽卻不明白。

或許也不是不明白，世事不是樣樣都明白的好。

華森東京行前，特別空出時間到蘇菲家裡吃過一頓晚餐。

「我來幫忙。」那天，他來早了，威廉還沒回家，蘇菲在廚房裡備菜。

華森手腳利落，洗菜、切料、裝盤，沒礙著蘇菲，也沒亂了她的打算。華森能做一手好菜，就算未必好，至少不是隨便湊合。這對兄弟確實很不相同，威廉是進了廚房毫無方向感的人。

那時，蘇菲養的天竺鼠還活著，食物備得差不多，華森無事可做，便去逗弄。「牠有名字嗎？」
「沒有。」
「那妳怎麼叫牠？」
「就是哈囉，哈囉，這樣叫。」
「哈囉，哈囉。」華森一邊叫一邊輕輕敲打籠子，天竺鼠被吵醒，便起來跑圈圈，總是這樣，這些被人類當寵物養的天竺鼠，幾乎沒有生活節奏可言，累了睡，被吵醒就繼續跑。
「妳知道天竺鼠是群居動物嗎？」華森又問。
「是嗎？我不知道。」
「哈囉，哈囉，寂寞嗎？」華森轉頭對蘇菲說：「這樣也好，養兩隻可能牠就不理妳了。」
四菜一湯，還有甜點，大功告成，威廉卻打電話回來說塞車，蘇菲與華森只好先沖壺茶，繼續聊威廉的調動，這是那陣子他們家庭裡最大的話題，威廉職稱連升兩級，可是公司與家的交通距離變得很遠，接著，蘇菲主動問明華森去東京的打算，這是那陣子他們家庭裡最低調的話題。

「去了，還回不回來？」蘇菲問。

「不回來。」

「眞的假的？」

「開玩笑。能回來當然回來。不過，等我先定下來。」

「定下來？」

「嗯，定下來。」華森考慮了幾秒鐘，繼續說：「其實也沒求什麼，兩個人一起生活而已。」

在這個家庭裡，蘇菲和華森處得最少，卻最感輕鬆，可能因爲他們聊得來，也可能因爲他們與這個家庭都隔著那麼一點距離。在與英二定下來之前，華森在家庭裡，說刁鑽點，像隻刺蝟迴避抗拒著家人，特別是母親的關心。威廉呢，他寧可把華森想成不按牌理出牌、不受既有秩序規範的人，那是一種反抗，還有可能隨著年紀回歸，而非永生。蘇菲知道威廉的爲難，在母親與弟弟之間，他還沒決定好該把票給誰。

「妳知道嗎？我從小就很羨慕威廉。他選的東西，他做的事情，大部分都是對的，至少不會出錯，他讀書、工作、戀愛，都合乎想像。可是，爲什麼，最後他結婚成家，唉，我是說，爲什麼，你們看起來就是不太對勁？」

蘇菲笑笑，沒有回答。

「我一直以爲，威廉是那種最可能成家、也有理由擁有美滿幸福家庭的人。妳知道，我的意思是一個屋簷下妻子、孩子，或者養隻貓或狗之類。這話聽起來很樣板，不過，我是眞心以爲威廉適合這種情況，這樣對他也是好的。妳明白嗎？我一點都沒有要挖苦你們的意思。」

「我明白，我也同意。」

「那麼，爲什麼你們不好？」

「你怎麼知道我們不好？」

華森翻個白眼：「我拍過那麼多婚紗，有沒有愛，鏡頭裡看一眼就知道了。」

蘇菲不喜歡談論愛，也不喜歡拍照。與威廉在一起拍得更少。兩人第一張合照，想來是華森拍的。那是蘇菲第一次見到華森，以哥哥女朋友的身分。他們以威廉爲引子，從小到大亂聊，竟有好多話題投緣。離開前，華森說：

「來，我幫你們拍張照。」

那張照片裡的蘇菲，燙了頭髮，搽了淡妝，一般婚齡女性該有的模樣。她與威廉並肩坐在階梯上，沒有顯露親密，但很友善，看著華森的鏡頭微微笑了。

威廉後來把那張照片裝框放在書架上，兩人雖未特別談過，可蘇菲心裡也同意那是她與威廉留下最好的照片。如果他們這一段人生要選張紀念照，她應該也會選那一張吧。

之前的人生，如果同樣以男友來分期的話，那是李維。李維也不喜歡拍照，說得更正確些，李維是個粗線條的人，不太留意拍照這種小事。

拍照是小事，那麼，什麼是大事呢？李維說：照顧妳就是我的大事。李維長得很高，把頭靠在他的肩膀上，宛若整個世界環抱著妳。李維說人生每一步他都有安排，如果蘇菲願意，他更喜歡是女兒而不是兒子。

蘇菲，風吹起來，窗外茱萸的香味就那麼濃郁，愛情怎會如此激烈，可是，人啊，不激烈又不相信那是眞的……

蘇菲，我不知道我怎麼了，我甚至願意承認我是錯的，但我停不下來，不知道怎麼停下來……

李維的信總是帶著很多的刪節號，他常常愈寫愈亂，不知道怎麼結尾。儘管如此，李維還是一個那麼優秀的人，蘇菲不覺得自己合適於他。吵過幾次難以轉圜的架，他們不再見面，蘇菲以爲事情就這樣結束，直到李維託人來話，邀蘇菲去校園拍畢業照。

事情比蘇菲想像來得簡單，李維也只是說：做個紀念。

李維神情執拗又認眞，他要蘇菲穿上畢業服，站著拍，坐著拍，也要蘇菲幫他拍，再請路過人幫他們拍合照。李維一如往昔環住蘇菲，蘇菲沒抗拒，像隻聽話的小鳥，拍照者充滿祝福地，對他們喊：「要拍了，笑一下。」

幾天之後，李維把照片洗出來裝冊，還選了其中幾張放大，護貝，託人送給蘇菲。

這之後，他們從未再見面，這些相片確實成了紀念。

旅行團退房。行李箱接二連三拖過走廊，又吵又雜，她搗著枕頭繼續睡。

接著，有人交談，開門關門，清潔人員上工了。

「威廉太太，是這樣的，威廉太太，我跟您報告一下……」

「你叫我蘇菲就可以了。」

「好，是，威廉，不，蘇菲小姐，是這樣子的，我們這團報名出發之前，就明定不接受脫隊的，如果你們確定不跟我們回去，我是可以幫你們改機票，不過，要跟您說明的是，這需要加價，而且，還有脫團的違約金，再說，我現在不能跟妳保證是不是可以順利訂到機位。所以，妳要不要再考慮一下，威廉太太，不，蘇菲小姐，蘇菲小姐……」

她看過一則童話，講兩個不合適的人當夫妻，不快加上爭吵，愈來愈老，愈來愈醜，本來圓潤的臉變得又尖又扁，本來柔順的眉毛變得稀疏參差，本來光滑的肌膚生出了紅色或黑色斑點。

她聽過同事說，啊，你們眞是夫妻臉，啊，你這是幸福肥喔。前者指的是伴侶在一起處久了，面目神情愈來愈像，要不就是人總鍾情看上與自己有那麼幾分神似的人，至於後者，是戀情正甜，婚後美滿，體重隨著愛情用餐遞增。

她也看過一篇小說，寫喪志的人如動物預感死亡將至，把食量與活動都縮減到最低，窩在自己選來的洞穴裡，安安靜靜地死去。

華森主動來了電話。他說明天到旅館來取威廉的行李。

「妳那邊需要幫忙嗎？旅館、機票的。」

「如果他想得到這些會出問題。」蘇菲恨恨地說。

「別這樣。他想到的，他是有責任感的人。」

「我同意，這又如何？」

「他沒有哪裡做得不好。」

「我知道。」

「你們怎麼會吵成這樣？你們不是非常好的朋友嗎？」

「是的，我們曾是非常好的朋友。」

威廉是李維的朋友，因此，他與蘇菲也曾是朋友。當蘇菲躲著李維，威廉來送過話。當李維離開的時候，威廉替她擋了不少閒言閒語。蘇菲很感謝他。如果他們一直就是停留在好朋友，事情或許不會變得更糟，他們至今或許依然是好朋友。

後來的日子，她過得不錯，和大多數人一樣，工作，結婚。女人呀，找個愛妳的人實在些，這是媽媽的至理名言，媽媽和社會上許許多多人說同樣的話：我走過的橋比妳走過的路要多。至理名言就算不是萬般正確，至少是個最大公約數。

蘇菲原本未必是乖到樂意做公約數的人，可是，李維叫她學會了乖。媽媽不知道李維，也不知道李維出了事，她只覺得女兒脾氣愈來愈怪，幸好有威廉把她撿起來，像拼湊一個破碎的娃娃。

威廉是個好人，華森說，他沒有哪裡做得不好。威廉也總能得媽媽歡心。威廉讓她過得平安，甚至有點發胖。他們搭起一棟房子，工作，購物，踏青，探望父母，出入作息正常，假裝這個家庭就算稱不上幸福美滿，也是平靜安穩的。

蘇菲的哈囉天竺鼠就是那段時期買的。

她陪同事去逛夜市，旁邊好大一間寵物用品店，各式各樣貓狗零嘴玩具，簡直比她的人生還要多姿多采，抬起眼，幾個廣告字，反覆跑來跑去：「買籠子送天竺鼠。」

「打錯了？」她推一推同事：「應該是買天竺鼠送籠子吧？」

「妳白癡，天竺鼠一隻了不起一百多塊，籠子一個上千，當然是買籠子送天竺鼠。」

買死的，送活的？蘇菲怎麼想都沒道理，賭氣天竺鼠就是要用買的，不過，爲了那隻天竺鼠，她得再買一個籠子，外加飼料盆、喝水壺、木屑沙，各種小物加一加，同樣所費不貲。

那時的蘇菲，還不知道天竺鼠傾向群居，她只覺得天竺鼠挺聰明，記得什麼時候吃飯，還能認人，看她接近了，便興奮地跳跳跳。天竺鼠把她原來就算規律的婚後生活變得更加規律，那時她工作還沒像後來這麼忙，有些時間可以一個人在家裡發呆，逗著天竺鼠說話：「哈囉，哈囉。」

那時的蘇菲，作爲一個妻子，一個家庭主婦，沒有失格，沒有失序，該做的家事都做足，甚至記得幫威廉買綜合維他命。

可是，後來，當他們一次、兩次，漸漸吵起架來的時候，威廉說：「我要的不是這些。」

如果不想吵下去，蘇菲會假裝沒聽到這句話。我要的不是這些，那麼，是哪些呢？蘇菲不想糾纏這些問題。閉上嘴，睡一覺，天還是會亮，日子還是會像轉輪一樣地過下去。

買天竺鼠的時候，店老闆說，平均壽命是五到七年，可是，才過完第二個夏天，「哈囉，哈囉。」天竺鼠不玩了，轉輪空蕩蕩停在籠子裡。哈囉吃得少，喝得少，病懨懨，有一晚，蘇菲把牠抱出來，發現牠軟軟的身體有點燙。等不及蘇菲第二天提早下班回來帶牠去看醫生，哈囉天竺鼠動也不動躺在籠子裡，死了。

蘇菲全身痠痛，總是如此，人一旦耗費力氣吵了架，喊了嗓，渾身就像大地震，再怎麼若無其事去睡覺，天明醒來，到處斷垣殘壁，手肘、肩膀、胸腹，處處淤積著痛。

模仿健康書籍的說法，憤怒是一種毒素，它讓人心跳加快，呼吸急促，血壓升高，內分泌系統紊亂。在蘇菲的腦袋裡，憤怒除了是一種心理的爆炸，還是一堆看不見的細胞爆炸了，死亡了，血液變得那麼混濁，一堆傷怨之氣讓她的身體那麼痛，那麼痛。

蘇菲的胃痛是這樣來的，威廉的胸痛是這樣來的，他們一起這樣老了，不是白首偕老，不是相看兩不厭的老，而是彼此面目可憎的老，蘇菲驚訝發現什麼時候威廉也已眼尾下垂，臉頰鬆垮？蘇菲不免爲他感到不值，不明白他何必守著自己，如此色槁形枯，囉唆起來無比討厭的女人。

現在，劇情既然出了岔，不是上班時間，不是家庭生活，沒有妻子，也沒有丈夫，就連旅行團都脫隊了，何不宣告中止？她想找個地方把自己丟到熱騰騰的水裡去，解開這渾身的疼痛。她從床上爬起來，上網路查了查交通資訊，她不相信沒有導遊她當眞一處溫泉都找不到。

回來的時候，房間已經被打掃過。屬於旅館的，更新的更新，歸位的歸位。屬於他們的，即使只是雜物也原封不動，小紙條、小硬幣，都固定在原來的位置。

蘇菲開始整理行李，好似又回到妻子角色，襯衫、襪子、刮鬍刀，這些東西很明白不是她的，但她已經熟練於整理，威廉總把日常生活交給她，他從大門把東西帶進屋，她把東西分類、包裝、收納於屋裡的櫥櫃、角落、縫隙，或者再把東西從大門帶出去清理掉。

辦公室裡的同事說，每次去大賣場有好多東西想買卻載不回去，於是就買了車；去家飾店，那些精緻床單、餐具，叫人幻想家庭，於是便結了婚；結婚之後，想要廚房，想要書房，想要陽台，於是立志買了房子。單身沒理由買的東西，一旦變成家庭，都變得可以買。家庭感覺，恐怕不是一加一等於二，而是二乘二等於四，四乘四等於十六，超高倍速的乘法。

威廉說，人有欲望是正常的。可是，欲望帶來好多東西堆積屋內，物體不滅，使蘇菲日加一日焦慮。都會生活，人人居住如鳥巢，偏偏都會生活又使人欲望無上限。這是一個矛盾，演變到了蘇菲看威廉拎著東西進門便起焦躁。到底爲什麼，需要這麼多的東西呢？蘇菲從清早起床模擬到夜晚入睡，從一年之春模擬到歲末之冬，總不覺得用得完這些林林總總。這東西要做什麼？我們沒有需要呀！她老在問，問得威廉也不高興起來。

蘇菲只希望這個家維持在最低限度，再多一些些都使她感到負擔。她不願堆積，甚至固執地認爲堆積是一種失能：因爲不知道怎麼辦，索性不想怎麼辦，只消幾秒間隨手一放，眼不見為淨，很快可再開始下一回合的爽快。生命如此日復一日，蘇菲望著家中物件感到四處躲藏塵埃，發黃斑，長黴菌，愈想愈感到自己會生病，無路可走，她不是多有潔癖之人，卻困在不可理喻的焦慮裡，焦慮到頂往往想放一把火把它們統統燒了。

「明明沒那麼嚴重，為什麼妳要把事情講到這個程度？」威廉拿她沒有辦法，不了解她為何打結，只好舉例安撫她：妳沒見過那個誰誰誰家裡東西才多，我們家這樣算是很少的了。

威廉的思維與她相反，他習慣留住手邊存在過的東西，就算一件再也不穿的舊衣，只要想到穿著那件衣服時的種種回憶，就丟不下手。有些東西，是回憶用的；那是情感的需要。威廉總想教給她溫暖的道理，事緩則圓。「為什麼不能用撒嬌的呢？」威廉好幾次說：「妳明明知道，妳明明知道，我是個心軟的人。」

華森站在門口。蘇菲很久沒有看見他。他還是乾乾淨淨，甚至比以前更乾淨，一樣的卡其褲，一樣的襯衫，每個釦子都扣得穩穩當當。

華森說威廉並沒去哪裡，除了和他說話，就是一直在睡覺。
「他看起來好累。」華森叨叨絮絮：「我們聊了很多，他也明白英二了。」
「那很好。」
「他是可以溝通的人。」
「嗯。」
「他向來是穩定的人。」華森的語氣裡有強勢：「爲什麼你們可以吵成這樣？」
「怎樣？」蘇菲抬頭望向華森：「他有告訴你吵成怎樣嗎？」
「有。」華森停頓，敲了敲沙發的椅背，再往窗簾望了望，費點時間才繼續往下說：「他說他不是故意，妳逼得他沒有辦法，他腦袋爆了就不知道自己做些什麼。」
「他向來是穩定的人。」華森又講一次：「或許只是因爲他愛妳——」
「不要再講這個字。」蘇菲打斷他。
華森靜默，他聽得出蘇菲的情緒。他得試著換個立場。

「妳呢？妳怕嗎？」

「我怕不怕？我當然怕，我能不怕嗎？」蘇菲像是哪裡被戳到了，好幾個怕字從她嘴巴裡圓球似滾出來。

「妳有沒有想過，妳怕，這方式就會持續下去。」

「你的意思是叫我不要怕，叫我冒險嗎？」蘇菲話速加快：「沒辦法，我沒辦法，千分之一，萬分之一的可能，我都怕。」

「爲什麼？」

爲什麼？蘇菲不知如何簡答。她不是膽小的人，但她不看恐怖片。現實生活，威廉消遣她是恐怖分子，買什麼，吃什麼，做什麼，瞬間決定得快；弄錯了，搞亂了，就一口氣從頭來。可是，有些事，有些時刻，她不冒險，一點點瀕臨邊緣她都喊停，有些事可以發生一次，不能發生兩次。

第一次她想成是自己的錯，如果事情膽敢發生兩次，那她就更錯無可赦。威廉沒有再提起過李維，可是，當事情演變到過分戲劇性的時候，李維騎在威廉的肩膀上，一同掐住了蘇菲的脖子。她不能呼吸，內心恨意滾滾而出，卻不知恨意該指向誰。她用盡力氣拉住威廉，後來這些年，蘇菲感到自己內在已和外界社會完全同步，以暴制暴，委屈轉成憤恨，不愛沒有關係，竟然已經轉成了惡。

愛是危險的問題，避開這個危險我們可以模仿成眞地生活嗎？

蘇菲繼續沉默。華森不放棄追問：「如果狀況眞的這麼糟，爲什麼妳從未提過？」

蘇菲感覺臉上被刮了一巴掌，雖然華森的口氣不是責備，而是溫柔。

她彷彿撫著臉頰，刺痛著慢慢決定把話說出來，說得很輕：「你知道恥辱感嗎？華森。」

「恥辱感？」華森笑了：「我怎麼可能不懂。」

然後，房間裡有好長好長的沉默。蘇菲感覺到自己靜下來了。

蘇菲簡單說了李維的事情。

也說不上什麼簡單或複雜，總之，結局只有一個，就是，李維死了。

蘇菲沒想過，想也不至於想到如此。

李維，那麼大的人，塞在一個小小的罈子裡。

「我生氣了，我眞的開始生氣了。」蘇菲聽到自己的聲音，從喉頭滾出來。

「嗯。」華森點點頭：「妳是可以生氣。」

「若說世上誰最不該如此對我，那該是威廉吧？可是，他卻如此做了。」

「應該是有什麼把他逼到牆角吧？」

「他不能這樣威脅我。」

「他沒有要威脅妳，他只是愛妳。」

蘇菲的憤怒若非平息便是失焦了，她沒阻斷華森再次說出愛字。她也發現自己並沒有流出眼淚，或許有什麼已經越過，某些粗暴已經太大太大超過了她的承載，以至於粗暴地就把她推過了困難的瓶頸，其後，一片開闊，也是一片荒蕪。

華森帶走了威廉的行李，餘下蘇菲的東西可以利落收進一只皮箱。房間空蕩蕩，明天，她要先走了，先回去那個威廉與她一起搭起來的房子裡。如果可以，她希望，在威廉回來之前，自己可以消失，像變魔術一樣的消失。

是的，變魔術，從現實生活逃逸，決心之外，能有一點魔術就更好了。

她做過很多幻想：離家出走，辭職走人，行方不明，但這都是幻想，從來沒有眞正做到，即便有過小小逃逸，日常生活也總像個磁鐵，將他們吸回軌道，工作，吃飯，洗澡，睡覺，人人需要一個家。蘇菲徹底看輕了這樣的自己。

幻想，並不是魔術。就算魔術，多半也是苦練出來的。還有半個下午，蘇菲卻耗在旅館房間哪兒也不去，什麼時候她變得連旅行都興趣缺缺，就算跟團旅遊也救不了她。蘇菲決心振作起來，收拾包包準備出門，這時候，她才發現電視櫃裡塞著兩三盒禮物，忘了讓華森一起帶走。

那晚買不完全的禮物，預計要送威廉辦公室的，尺寸頗大，要塞進她的行李箱有點困難。

還帶回去嗎？別帶了？周遭四望，蘇菲忽然起了新的疑惑，這種大如迷宮的旅館，垃圾間設在哪裡？還是就把禮物直接留在房裡？可是，誰知道講究服務的日本人會不會好謹愼送到櫃台，甚或打電話來詢問，大費周章寄還給她？

現代人買得容易，沒想丟東西有時竟是棘手的問題，現代水泥叢林，想如往昔那樣點個火苗把東西燒成灰燼，已經不是理所當然的事。

蘇菲因這突來的問題頗躊躇了一陣子，最後，趕在自己還沒打消出遊念頭之前，她抱起禮物，離開旅館，來到前日深夜經過的地方。

人並不多，可能四處去找零工或遊蕩，蘇菲選了一處瓦楞紙鋪疊完整但無人留守的位置，把禮物放下來，轉身離開。

「喔咿——」背後傳來喊聲。

蘇菲聽得懂，那是「喂」的意思。

她回頭看，禮物不遠處，一個原本躺著的男子，此刻坐起來，瞪著蘇菲。

他指著禮盒，然後，豎直掌心，跟蘇菲搖了搖。

再怎麼語言不通，也足以知道那是不要的意思。蘇菲站著沒動，那是兩盒包裝精美的煎餅與糕點，她頂多當成轉贈，並沒有同情或施捨的意思。

看來，她自以爲是。要不就是恰巧碰錯了人。男子再一次以食指對著蘇菲，再指指禮物，然後擺手往外揮。

那是叫她拿回去的意思了。

蘇菲還是站著沒動。她並非裝傻，也不是反對，只是一下子方寸亂了。她努力想擠出一個笑容或道歉，卻愣在那兒，她知道該走回去拿，但因爲羞愧而遲遲沒有動作。她遲疑太久，終究惹來男子動氣。他站起身，走幾步，抄起禮盒，朝蘇菲砸過來。

蘇菲當然被驚嚇到了，摔落滿地的煎餅更讓她局勢狼狽，然而，她沒有餘裕生氣，也沒有時間哭泣，她得蹲下身來，快快收拾，因爲新宿大浪般的下班人潮很快就要到來。

約會

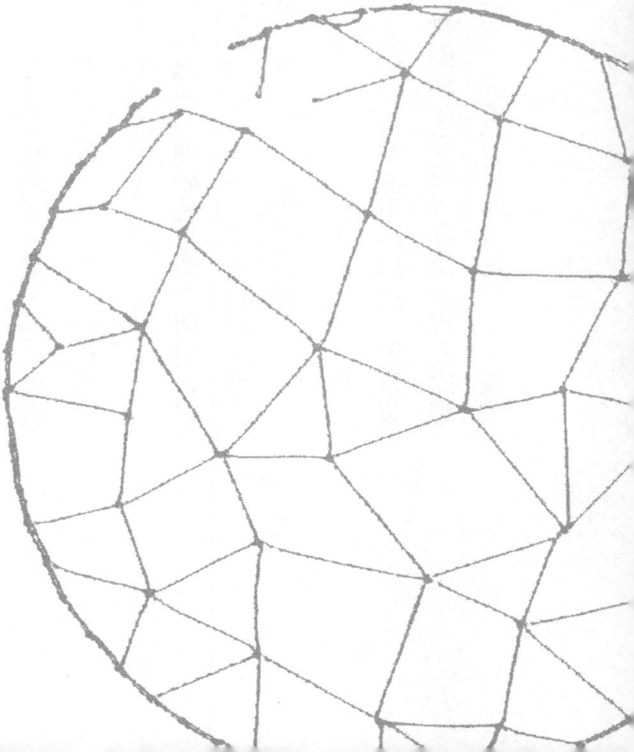

老人嚴以新穿越馬路，走到家居斜對面的社教館去看報，一因他節省，能不花的錢就不花，二因他不喜歡長物，不喜歡家裡堆積報紙，一旦堆積，他就惱恨自己並非隨手能把東西丟掉的人。

走廊裡正展示小學生的書法比賽作品，他停下腳步看了一會，驚奇這些字跡出自十一、二歲的小朋友，且還是如今科技時代下的孩子，他以爲他們已經連拿筆寫字都寫不好了。昨天，他才剛把孫子的作業本教訓了一頓，通篇鬼畫符，看就知道連筆都沒拿好的緣故。偏偏現在父母在乎的不是這些，講什麼手指關節還沒長好、無須過分勉強之類，嚴以新也就說不上話了。

話根本說遠了，這些其實都是後來萌生的感慨，一開始嚴以新之所以在這些展覽物件前停下來，是因爲腦海中閃過媳婦的說法：「爸，你可以試著培養一些興趣，比如說，寫書法，我有個朋友爸爸，每天練字，練出興趣來了。」

兒女曾經很怕他變成惹人厭的無事可做的老人，若非黏巴巴抱怨沒人理會自己，要不就是獨自坐在陰影裡讓人看了愁上心頭，他當然不想如此，但應該也還不到上安養院這個選項。媳婦用盡心思勸慰他：「爸，你這是以前的想法，現在安養院，不，根本也不是什麼安養院，人家可是叫長青中心、養生村，那裡日子過得可好，還能交朋友，我和必棠退休以後，錢要是夠，也要一起去住，吃飯掃地不用自己張羅。」

媳婦沒有惡意，嚴以新完全相信，但他也不喜歡事事打算精明的人，且還拿他當對象，他怎麼樣也不能心悅誠服。嚴以新承認自己脾氣有彆扭之處，看不慣許多事情，幸好不形於色，不至於人人明白。比如媳婦，就一直當他是個沒脾氣的老好人，因而有些時候話說得很沒分寸，以前妻子還在，自有辦法刻薄或數落回去，現在，他默默地，按捺著，別在意，別發脾氣，因爲他若眞發上脾氣，事情往往是全砸了，就算是家人之間也難免要留下疙瘩。去世的妻子曾形容過他的脾氣發作起來簡直如同瘋狗浪，那是某一年在海邊吧，幾個青春少年赤裸著背在海浪中載浮載沉。

或許唯有妻子三番兩次領教他的脾氣，婚姻中他的脾氣始終不怎麼好，外頭的積鬱回到家特別難熬，偏偏妻子也不是知道如何梳理他的人，有時候甚至誤踩地雷，風馬牛不相及地胡吵起來，愈吵翻天愈不知道究竟吵些什麼，直到時間教會他停下來，吞聲不語，然而，憤怒、懊惱、諸多不明情緒，也瞬間使他急凍如石，堅忍而絕情，妻子一生最怕他如此時刻，兒子女兒成長過程多少也領教過那麼一兩次，因而，在這個家裡，他始終有著威嚴而非容易親近，那些年，他也確實很忙，工作飛黃騰達，台灣整個大景氣，發發脾氣不足掛齒，那些憤怒而繁榮的生活裡，嚴以新有時會懷念起，是否有誰，曾經繞指柔化了他的脾氣。

看完報紙，嚴以新在社教館門口給方敏打了一個電話，提醒她明天看門診。

方敏不在，倒碰上她女兒阿陵在家。

「伯伯最近身體都好嗎？」阿陵依舊大方喊他一聲伯伯。

方敏很晚才結婚，孩子也生得晚，因此，對比嚴以新早已做了兩個孫子的爺爺，方敏仍在爲阿陵的婚事操心。戀愛、職業頻頻更換的阿陵，說是跟方方住，但根本不固定什麼時間回家，嚴以新看她憂煩往往忍不住笑，他們自己走過什麼樣的路，現又走著什麼樣的路，人生哪那麼容易定下來，爲兒女操心更是完全沒用的吧。

方敏低下頭，不搭腔。不都說女人隨著年紀愈來愈多話，方敏倒愈說愈少，要不就淨說些可有可無的話，這讓她很容易淹沒成爲聊天聚眾之間安靜傾聽的角色，沒有明顯的意見，就連在女兒阿陵心中，方敏這個母親和其他傳統母親似乎也沒什麼不同，沒有自己也沒有愛，若非這些年出現一個嚴以新，阿陵或許不會注意到母親也有人生，也有故事。

阿陵答應幫忙提醒媽媽，並詢問嚴以新需不需要方敏回電，他很自然說：「不用了。」掛上電話，嚴以新生出念頭，方敏一生哪裡回過他幾次電話，他邊走邊笑，少到連十根指頭都數不滿吧。每次都是他打電話給她，從女生宿舍的公用電話到現在人手一機，不變的是每當話筒裡傳來方敏聲音，嚴以新常常一下子喊不出她的名字，只好自我報上嚴以新，然後方方便笑了。

她笑了，嚴以新便覺得彼此還稚氣得像學生一樣，他仍然如同學生時代一樣喊她：方方，方方。

認識半輩子，他們從來沒有眞正失去聯絡，不過是看要不要聯絡。嚴以新由始至終都留一個號碼在她身邊，分手之後，那些號碼沒有一個響過。然而，很久以後，他在辦公室有了私人專線，第一個想到的人還是方方。他並非以爲一個電話號碼足以怎麼樣，他太知道就算給方方十個電話號碼也沒有用處，他不過是想與方方之間多留些線索，說到底，他擔心她，雖然她不是他的，但無論如何他心裡就是擔心她。

那時方方還沒結婚，而他已經結婚幾年了。電話接通，方方說喂，嚴以新還在發愣，一下子聲音出不來。方方又說喂：「請問找誰？」他回神：「是我，嚴以新。」

方方沒笑。他也就繼續說不出話來，兩人無話，好一會，方方才決定了，聲音熟悉而溫柔：「怎麼了，忽然打電話來？」

其實，也沒什麼忽然，要不，後來全都出於忽然。沒有規律，沒有約定，事後二十幾年，隔個半年、一年，甚或後來愈隔愈久，兩年、三年，可能是某一個中午休息時間，或是下班前幾分鐘，嚴以新順應自己忽然而來的念頭，讓自己給方方打個電話，隨便揀些日常瑣事講講，避開各自私人生活，講個十幾分鐘，禮貌而安全地說再見，保重。

其間，也有那麼幾次，他們見了面，一開始很不安，但第一次什麼都沒發生之後，他們就知道再也不會發生什麼。他們是戀人還是朋友，分不清楚也說不上來，距離總是禮貌而安全，他們的重逢不是爲了困擾對方，更無意侵略對方。其間，方方結了婚。其間，方方生了阿陵。

辦公室裡的私人專線不幾年被行動電話取代，嚴以新因爲業務需要，搶先機拿到第一波090號碼，很快便給了方方。方方嘆息道：「我連叩機都還沒用上呢。」那些年，個人行爲模式和硬體設備都還不穩定，消費者在不同通信公司之間轉來轉去、換門號是常事，嚴以新被推銷過好多次，他只有一個條件：「換哪一家都可以，就是號碼不能換。」

因此，眞的直到今天，嚴以新都退休了，還是那個號碼。有時候，他覺得慶幸，什麼都留不住，只有這個留住了。

這兩個人認識就算沒有一甲子，也有四十年了。嚴以新比較老派，偶爾會想想一甲子這種事。他掐指頭算，要有一甲子，他得活上八十六歲才行，方方呢，可以給她降點標準，八十就行了。這種歲數，使嚴以新嘴角忍不住微微浮出笑意，也許因爲想到方方八十歲天啊那是什麼模樣，或想到八十好幾了兩人之間會說些什麼，胡思亂想，不經意就笑了，與方方眞正重逢並相處的這兩年來，一些小事情，一些兩人說過的話，一些方方看他的眼神，芝麻綠豆大的事情，莫名其妙使他留戀，回味，羞澀而新鮮，感覺自己彷彿又回復了少年。

事實上，他已經是個背手在公園裡散步的老人，妻子過世後這些年，他生活振作，星期一到星期五，每天早上下午黃昏，已經發展出一套活動班表，甚至每天吃些什麼，上哪兒吃，也有來往相熟的店家，時間到了就往那兒走，吃飯同時還能和人聊聊天。舉凡看報、開車、走山路、講講政治，一般中晚年人做的事，他大致都還插得上話題，但像公園裡跳舞、下棋、唱卡拉ＯＫ這類事他就不大熱中。現下公園裡正在換班，打太極拳的早走了，跳舞團正在收拾器材，還不想回家的老人，找得到伴就下盤棋，不懂下棋的可以圍著打發時間，午前十點多，多半是些卡不進社會輪軸的人才會留在公園裡，不過，能留在這兒也值得慶幸了，嚴以新想，倘若不是平平安安，現下恐怕全得上醫院去報到，常走醫院的人就知道，午前十點多，最是醫院人聲雜沓的時間。

他與方方，每月一次的約會，多半在那樣的時間裡。他把自己梳理得整整齊齊，方方也是，然而，兩人並坐在候診間，難免感到時間的浪費。過去，那麼久的光陰，嚴以新想過多少次，若有機會，若能在一起，他要帶方方去這裡那裡；即便後來無望的歲月，倘若去了什麼真正心動的地方，常常，他心底還是浮現方方，希望她一生該有機會來看看，就算不同他在一起也沒關係。

時間慈悲，現在，他們坐在一起了，穿著打扮、行爲舉止，都跟尋常老伴侶沒什麼兩樣，診間的號碼跳得非常慢，慢到讓人疑心醫生根本走開了去開會或巡病房。嚴以新和方方未必時時都在說話，而是看看診間裡的眾生相，握一握彼此的手，有時嚴以新甚至在讀報，方方把頭倚在他肩上……

說起來，方方眞正願意與他殷勤相見，還是切了大半個胃之後才發生的事。

電話打那麼多年，面倒是愈見愈少。嚴以新難以說服自己和方方到底是什麼關係。就連電話，五十知天命，兩人之間少到兩、三年才打一通，因而，當那一次，在通過電話不過半年，竟有方方主動來電，他正在街上閒逛，想買點包子饅頭做早餐，手機在口袋裡震震地響，他掏出來，螢幕顯示方方二字，他感到不尋常。

方方沒事不會打電話，即便打了電話，有事也還是說沒事。她輕描淡寫：

「胃裡頭長了東西。」

他愣一愣，一下子不知怎麼接話，腦子裡嗡嗡鬧，別大驚小怪，別大驚小怪。

「說要開刀，」方方細細地繼續說：「誰知道打開是怎樣，沒救的話，不就白挨一刀。」

「妳就是老往悲觀想。」他回穩下來，聲若平常地數落她。

方方沉默了半晌。

「妳在哪個醫院開刀？」他問。

「長庚。」

「我去看妳吧？」

方方又沉默。一秒，兩秒，三秒。遇上這種事，嚴以新怎麼可能不急。喂，方方，嚴以新忍不住心底毛躁起來：夠了沒？這麼簡單的問題妳可以悶這麼久不回答，死樣子，老樣子，我眞是受夠妳了。嚴以新握著話筒，一分鐘，兩分鐘，三分鐘，雜音沙沙，漸漸也就緩了氣，陪方方一起沉默下去。

隨便妳了，嚴以新想，反正我都陪妳耗這麼久了。

「好。」

很簡潔一個音。他忽地醒轉過來，彷彿剛才打了一個瞌睡。他晃晃頭想把耳裡的餘音再弄清楚些，方方口氣很短，但嚴以新確定自己應是聽清楚了。他想起很早很早以前，方方深吸口氣，抿著唇，下了決心似地，說：「好。」

那時候，她才幾歲，自己又才幾歲。老人嚴以新險險一口氣送不上來，他覺得胸口好痛，對，胸口，年輕人會說那是心吧。

方方結婚並沒有告訴他。某次碰面，她淡淡說：「去年結婚了。」他答：「喔，怎麼沒通知，少了我這包紅包妳會幸福嗎？」方方不吭聲，嚴以新知道玩笑開錯了，但也找不到台階下，這時候除了開玩笑他們之間還能怎樣呢？他繼續若無其事問對方是個怎麼樣的人，口氣如朋友只是關心，方方投降或是原諒了他，一一回答他的問題，比他問的還要簡單客觀。之後，他們就變成各有婚姻家庭的人，那時，嚴以新已經是兩個孩子的父親了。

說來奇怪，這件事竟沒改變他們什麼，沒加多也沒減少，講得再精確點，反倒把他們之間變得平等而無危險。嚴以新微妙感覺到，未婚之前，方方還忌諱著碰面，婚後反倒輕鬆點。那時他們大約兩年碰一次面，方方開始能坐在他對面，之前她不肯，她說緊張，視線不知往哪裡擺，淨坐著尷尬，不如起身走走，因而，很長一段時間，他們就是一直維持著距離，走來走去，在往昔經過的某處，或在工作附近臨時約好的某處。嚴以新從來不是善於安排約會的人，甚至他不能說自己曾和方方好好地約過會，糊里糊塗熱戀，糊里糊塗分了手，時隔多年，才煞有介事約了時間，約了地點，坐下來聊的卻是不同的生活與家庭。我們眞的變成朋友了；嚴以新離開時候常常這樣想，說不上是輕鬆還是失落。

只有一年，方方的態度顯得曖昧，在公園裡走了大半天，停下腳步：「我想離婚。」

嚴以新按捺住驚訝，無動於衷地說：「不要老往這方面想。」他邊走邊問爲什麼，方方言詞閃爍，他聽起來竟覺得和她當年拒絕他差不多，她老說一些他聽起來根本不是重點的話，嚴以新心底嘆口氣：妳怎麼還沒長大，方方，妳就是不投降嗎？

他記得，那天走的是新公園，嚴以新公司不遠，方方到火車站周邊來辦事，兩人遂在黃昏短暫碰了面。走到二二八紀念碑附近，有些椅子，他說：「方方，我們坐下來吧。」然後，他說：「方方，妳要讓人生穩定下來，人生是有階段的，這個階段的事，妳就是得去完成它，然後做下一個階段的事。」他也說：「婚姻總是會有些困難，什麼關係都會有些困難。」

他講得溫和，友善，好似一個兄長對妹妹說話，方方長，方方短。他心情當然有點複雜，但他盡量將自己抽身為局外人，不是嗎？此時此刻，方方想離婚絕非與他有關，他們之間，若要談這個，老早就談了，不至於到現在。

「既然已經結婚，就不要再胡思亂想什麼離婚。」他自己都知道這話聽起來有多老氣。

「不要老說我胡思亂想。」方方忽然生了氣。

他閉上嘴。再多說一句他們可能就要吵架。四周漸漸嘈雜起來，下班人潮三三兩兩穿過公園去搭捷運或公車，方方盯著紀念碑不說話，他們默默坐在那裡好些時候，嚴以新不知道方方心裡想些什麼，可能她心灰意冷不想多做解釋，也可能他猜錯了方向，方方到底要說什麼？又要他說什麼？

這樣的僵持，讓他想起好多好多年前，兩人一起坐在網球場邊看人打球的記憶。那是方方第一次去嚴以新家裡作客，兩人青春年少二十出頭，但他已經非常確定要她，年紀輕輕不該那麼確定，但他偏偏說了許多關於以後的事。

方方不答，簡直裝作沒聽到。

他故意去摟她的肩。她動也不動，那時她的神情就像現在一樣，嚴以新不知道方方心裡想些什麼。

「不管多久以後，」方方說：「只要我們還能這樣坐著一起看球，不就很好了嗎？」

她是什麼意思？他聽不懂，模模糊糊亂問：「妳是說，妳不想我們在一起，妳只想老了約來這裡一起看球？」

方方笑了，她笑什麼？嚴以新想，是笑他答對了，還是笑他太蠢？

「或是，妳的意思是我們會在一起很久很久，久到七老八十，那時候我們還是會一起坐在這裡看人打球？」

到底是哪一個？隔這麼多年，嚴以新想起這個畫面，仍然不確定方方要說的是什麼。

他穿過人群，擠進電梯，找到病房。布幕掀開，先看見阿陵，然後才是方方。

阿陵長得不大有方方的味道，也許像父親。方方躺在床上，跟所有病人一樣，衣衫不整，髮絲紊亂，慘白而乾燥的臉色。

「這是什麼？」他隨手摸摸床邊的點滴架，問道。

方方沒答，倒是身後阿陵傳來一聲：「嗎啡。」

「嗎啡？」嚴以新不是很確定，轉眼去望方方。

方方眨眼，氣若游絲：「不打不行，痛死我了。」

他停了手，眼眶裡忽然泛濕。他從來沒聽過方方說：「痛死我了。」

之後，他沒徵求方方同意，每隔一天就上醫院去，固定時間，去了也不耽擱太久，遇人就說是老朋友，難道不是？他們不是老朋友是什麼？只能比那更多而不會再少了。他甚至和方方先生打過一次照面，什麼戲劇橋段都沒發生，不過禮貌交換一眼而相互告辭。他不確定方方是否曾和對方提過自己的故事，但這位先生與方方之間的故事他倒是有底。謹慎合理的婚姻，婚喪喜慶的婚姻，阿陵成年之後進展成爲長期分居的婚姻，每個時代的婚姻總有其難分難合的理由，都說時間能解決問題，但時間磨平的到底是尖銳與衝突，還是人與心的稜稜角角呢？

出院那天，嚴以新待在家裡。雙週後複診，他約了方方。後來，隨著復元情況，雙週改成一個月。剛開始，是阿陵送方方來，再熟一點，換成嚴以新直接驅車去載方方。

每次候診總要等上很久，少量多餐的方方很快就肚餓，若非咬幾片蘇打餅乾打發，就是匆匆忙忙到地下美食街去吃點什麼，又匆匆忙忙上來，他們已經過了膽敢冒險、過號也不在乎的階段，他們不願錯過，錯過得等上更久，然而，有時，看方方吃急了，他又忍不住叮嚀她：「慢慢來，慢慢來。」

總地來說，方方的進食變成一件麻煩事，術後禁食十天，方方說那時候是連想到一碗白粥也要流眼淚，後來，每種食物都弄得很碎，量又少，跟嬰幼兒吃的泥狀副食品沒兩樣，搞得方方愈發想吃點什麼重口味或吵著要硬體食物來大快朵頤一番，但總是不行的，就算她有膽量，她的胃也沒有容量。是的，方方變成一個沒有胃的人，她的胃切掉了三分之二，只留下點鬧口和指腸連接，別說食物，就連湯湯水水也沒有容器可以承接。

如此，那一年，嚴以新撿回來的是一個好瘦好瘦的方方，掏空而又餓壞，一切得靜待筋肉組織慢慢訓練，擴張，重新再形成一個新的胃袋，那對身體殘缺早已司空見慣的醫生總微笑安撫他們：「慢慢吃，慢慢長。」可是，開過刀的方方往往自覺殘障而有陰影，憂心病魔不多幾時會再回來。他們成天在醫院裡約會，常識上當然知道每個疾病背後都有個叫「存活率」的東西埋伏著，一年？三年？五年？嚴以新不想追究那些，他寧可樂觀，眼前一個人這樣好好牽著握著，誰說沒有本事活到八十歲。

回到家，燈是亮的，嚴以新看看樓梯口的鞋，女兒必麗來了。

大兒子一家雖住得近，並不常來，他們的安排是每兩周派個清潔人員，來幫這個老單身漢掃掃地，擦擦櫥櫃，刷刷馬桶，燙幾件襯衫。女兒必麗則是三不五時查勤出現，給他的餐桌帶點食物，冰箱裡添點水果。

「爸，你又去哪裡了？」窩在沙發裡看電視的必麗抬起頭。

他逕自去房內更衣，也說不上去哪裡，再說，女兒這口氣像問兒子似的。

「爸，你老這樣做好嗎？」

「我做什麼了？」

「你明明知道我說什麼。」

他停下來，索性直望著女兒看：「我不知道，妳想說什麼就說，不要拐來拐去，妳就是這樣搞得人不高興。」

「爸，我是你女兒，關心你，你竟然拐著彎罵我。」

他嘆口氣，也覺得自己不必要。女兒婚姻正不痛快，何必故意戳她。必麗這幾年變得很難取悅，話中不時帶刺，接近那種他長年不喜歡的女人類型，可是，他是父親，好難爲。必麗出生的時候，嚴以新很高興，比兒子更寵，跟多數父親同樣幻想一個溫柔甜心如同洋娃娃的女兒，不過，必麗並非洋娃娃，脾氣激烈無妨，令他不解的是，成年之後哪裡冒出來這麼多絲絲縷縷女性心機。這些年必麗婚姻正在低谷，嚴以新不想干預，但女兒對男性以至人與人愈發尖酸的態度，有時連他都覺得難以忍受，特別是當必麗知道嚴以新與方敏的來往，非但把過世母親請出來哭了一場，還把自己父親講得如連續劇演爛的天下男人一般黑。

「好了，好了，我要休息了。妳也早點回家吧。」

送走必麗，他洗了個澡，舒服多了，過日子，他一個人其實可以過得很好。還不怎麼想睡，倚在床上拿著電視遙控器轉來轉去，找不到合意的節目。

他看新聞，但肚臍眼消息實在乏味，就連以前妻子喜歡看的哭哭啼啼電視劇似乎也隨著所謂時代進步而消失了，現在流行的偶像劇他看起來覺得像學生演話劇，無論從臉孔到口條，全都細細軟軟讓人進不了狀況。當然，他常常提醒自己，看什麼都不順眼的話，可能是自己老了，社會預設他合該去看歷史教育與動物蒐奇，他不服氣地往電影頻道去找，卻也只是殭屍、犯罪、科幻、世界末日……

他與方方也曾年輕，有過人生，有過愛情故事，就像電視機裡演的那樣，可是，他與方方走到眼前時代，卻找不到與自己相關的故事，明明每天收音機、電視機那麼多歌曲、戲劇，關於老人，不是蠢化，就是丑化，好像老人值不起任何像樣的故事，他不求當主角，但總該給他一個角色，不是嗎？

就在他快要放棄，幾絲睡意浮上來的時候，一個日劇畫面吸引住他。那是田村正和，一個和自己同老的世代，飾演一個父親，走上禮台，為即將出嫁的女兒說幾句話。「雖然兩位新人此刻正恩恩愛愛一起出發，不過，遲早有一天，兩個人的終點會不一樣，因為總是有一方會先死的。」本該甜蜜蜜的好話，這老父說到哪裡去了？在場賓眾繃著臉不知該笑該怒，田村正和兜一兜把話再轉回來：「所以呢，婚姻這種東西，最簡單但也放得最遠的祝福是，希望新人們哪一天人生走到終點的時刻，回頭一想，能慶幸自己跟對方結了婚，感覺自己這輩子眞的很幸福。」

啪啪啪，賓客鬆了一口氣，繼續吃菜喝酒。他不記得必棠、必麗結婚他曾說過什麼，要有也是很制式吧，感謝各位撥冗光臨，祝福新人之類。他想想自己也眞無聊，一輩子就是制式，照章行事。他起身把燈熄了，想到當初和他一起給眾人敬酒的妻子已經去終點了，自己還在這裡百無聊賴看電視。方方呢？如果他們的故事簡單發展，直通通地結了婚，現在他們可還在一起？可會慶幸還有對方和自己坐在醫院候診？

兩個人的終點是不一樣的。嚴以新翻來覆去，腦海裡想著這句話，想著想著忽然感到了分離，感到幸福的有限。他忽然想念方方，想探過身去有方方在枕邊聽他說話。他忽然毛躁起來，年輕男子般的想念，這麼長的人生都過去了，他走到此忽然生出一絲占有欲。忽然，忽然，忽然。「痛死我了。」他想起方方的模樣，哪來那麼多忽然，鬼想以前的事，他不大想的，他以爲那些都過去了。

「爸，你到底想做什麼？這樣不清不楚，叫我們怎麼看，怎麼做？」必麗說得尖鑽明白，也不是沒有道理。阿陵雖不反對，但那種像在看戲的心情也不怎麼叫他舒服。

他與方方哪來存心演戲，不過是好不容易總算有點餘裕，續個未完的故事罷了。

然而，故事怎麼續呢？嚴以新曾想開口問方方：「我們之間，呃，我們之間……」

方方眨著大眼睛，那神情與其說是好奇著等他問出來，毋寧是靈精知道他問不出口。

「後來爲什麼都不打電話給我？」他換了個方式問。

「有嗎？我們之間不是本來就不太打電話？」

「不，某段時間之後，妳從來不打電話給我。我打，妳也不太講話。」

方方沉默。

「甚至妳要生阿陵，也是我剛好打給妳，妳才說的。」嚴以新故意說得好笑：「想說好久沒見，約妳碰面喝杯茶吧？結果，妳竟然說，那天是預產期。」

「是啊，很巧。你常常在很巧的時候打電話來。」

「我沒打，妳就打算不告訴我了？」

「應該是吧。沒道理特別打電話說這些。」

「沒道理？我們之間什麼時候有道理了？不都是莫名其妙嗎？妳只有在不想理我的時候才會說要講道理。」

方方沒爭辯。

「後來我們就這樣斷好久，我只好想，妳大約不希望我找妳，孩子都生了。」

「也不是因爲如此。」

「那是因爲什麼？」

「你記得嗎？」方方低下頭，吞吞吐吐：「有一次，你說，你和太太關係漸漸變好了。」

「對啊，那陣子是這樣沒錯。」

「唉，你這個人，到現在也還是這樣講話。」

「怎麼了？」他不解。

「有些話你就算不說也行吧。」

方方口氣像小女生，嚴以新腦筋轉個彎忽然聽懂了。「我的意思是，婚姻一陣子一陣子，總會順著軌道去，不管那種軌道是怎樣的。」他察覺到自己的理不直氣不壯，兩面不討好，兩面都錯，他跳出來，回到當下：「就因爲這樣？」

「也許吧，這話時不時在腦袋裡響來響去，覺得我們該結束得徹底一點。」

「妳也眞是的，這樣小細節。」

嚴以新把她的手拉過來放在掌心裡廝磨，代替了那些他說不出口的話，有些情緒在溫柔的廝磨裡慢慢漲潮，淹上來，可能就要太多了，方方在此時抽回了手，開口道：「記得最後一次見面嗎？」

嚴以新點頭，難得沒用言語回答。

「那時，你也一直握著我的手，可是，你的手上戴著婚戒。我心想，這個人，就不能稍留點神，把婚戒暫時取下來嗎？你根本從來不戴戒指的，我一看就明白了。」

「哎，我不知道妳在意。妳們女人家眞是枝枝節節的。」

方方沒再搭腔，嚴以新也不好意思再講下去。那是婚前最後一次和方方見面，之前兩人已經分開大半年，他因爲工作調動移居台中，就在那段時期經人介紹認識了日後的妻，很快準備結婚。無聲無息的方方有天終於來了電話，說工作路過台中，可以的話，碰個面吧。他猜得出來，方方特意來和他告別。去接她的路上，心內忐忑，拿不準自己該表現多少。

她在公路局附近等他，一如初戀時她因爲他初次來到這個城市。他喊她，方方，方方。她上車，側臉一如往昔。僅僅幾秒之間，原來拉扯著他內心的壓力，竟奇妙地消散了。他又像個因爲不知名的愉快而暈暈然失去方向的大男孩，一下子找不出目標，淨在市區繞來繞去，和方方介紹台中這裡變了，那裡變了，跟她說在哪裡上班，跟她說想買什麼樣的房子。他們其實沒有很多時間，這次約會也太有理由可以安排得很戲劇性，但他竟然什麼都沒打算，只是乾乾淨淨像以前那樣和方方說東說西，說到忘記自己的現況，忘記留神什麼該說，而什麼又不該說。

直到天色開始暗下來，原來的忐忑不安像毛毛蟲爬回他的心裡，夜燈點亮得愈多，他愈發明白這是最後一點和方方相處的時間。他回到了現實，躊躇著，甚至焦躁起來，內心有個聲音直直想要衝出來：方方，今天妳不要回去。

車子一直轉彎，再轉彎，他開不了口。胸口像有什麼巨大塊壘在砸撞，愈撞愈疼。

最後，他記得很清楚，在等紅燈的車陣裡，他終究混亂地說出口：「方方，今晚別走。」

然而，他也記得很清楚，方方沉默，紅燈設了多久，她就沉默多久。直到綠燈亮起，叭叭叭，後頭的車在催了。「走吧。」方方拒絕了他。

他把車往高速公路方向開，她不留下來，他也沒辦法捨得她一個人回去。行過火炎山，三義、苗栗路段如常被濃重的夜霧包圍，他像把一個妹妹送回家那樣，把方方送回了台北。兩個小時裡，他或把右手擱在方方的腿上，或直接握住她的手。方方應該就是在那些時刻裡，望著那個婚戒吧；他要隔了這麼久才知道，隔了這麼多年方方才說出來，那只婚戒傷了她。

約會，就只是約了一起去看診，今天輪到照胃鏡，加上超音波，看看肝臟。

胃鏡早該照了，方方拖著不去，兩個禮拜前，才在嚴以新的催促下掛了號。

除了例行的等待與強迫之外，胃沒照出什麼端倪，倒是超音波掃到肝臟表面一兩個白點，嚴以新還不知道該怎麼問，醫生先發制人：「也不一定是什麼，保持定期追蹤。」

方方表現得很平靜，好像她只因爲檢查禁食太久，餓壞了，全無氣力回應。他們沉默走出醫院，早就過了吃飯時間，將就找一家兼賣點心下午茶的麵包店，點了三明治，方方堅持要一杯黑咖啡，嚴以新搖搖頭但還是隨了她。這一年，方方仗著預後狀況不錯，甚至過了五年存活率的門檻，以前勉力遵守的飲食禁忌現在常常鬆動犯規，比如，糯米類與過甜食物其實碰不得，但方方就喜歡，尤其是咖啡，根本不該喝的，方方卻每天都不能少。

嚴以新猶豫著說些什麼，聊一聊這間店的麵包，不提醫院裡的事？還是就趁檢查結果，叮嚀方方要乖一點，該注意的還是照規矩來？他腦海揮之不去那個超音波掃到的白點，那是什麼？又有什麼跑進了方方的身體，還是又有什麼長起來了？他生氣，不生點氣的話，人可能一下子就被絕望抓走。方方悶聲不吭，嚴以新反而擔心，他看她簡直是過急地在咬麵包，咖啡喝完惟恐他打開話題似地，站起來說：「我們走吧。我累了。」

走回停車場不過幾分鐘路程，方方很快顯得不對勁。「怎麼了？」嚴以新問。方方停下腳步，微張著嘴喘氣，摀住胸口不能說話。

她反胃，噁心，發冷汗，嚴以新記得方方以前這些老毛病，開完刀，雖然少了一個胃，但舊症狀倒是全消失了。這些年嚴以新沒聽她喊胃痛，頂多就是食物下肚，得靜坐休息很久，太匆忙起身活動的話，方方形容食物就像溜滑梯一樣滾進了腸道，很不舒服，瞬間發冷汗。

一定是剛才吃太急了，嚴以新想，四處張望有沒有能坐下來的地方。偏偏沒有。方方倚著牆邊再撐了片刻，之後，毫無辦法地，不得不蹲下來，像個小孩，在路邊吐了。

嚴以新束手無策看著方方，如此脆弱，人只要生了病，就是脆弱。要不，就是這兩、三年太幸福了，嚴以新不得不感嘆，人一幸福就忘了現實。

他彎下腰遞給她紙張，讓她擦擦嘴角，然後，慢慢地，扶她站起來。

「人生很怪，哪能預料到，最後，結果，我們的關係，是變成這樣子。」

這是方方說的話，說得很喘，很碎，喃喃自語。

然而，嚴以新怎麼樣都會聽見的。人生，最後，結果。太多情緒湧生上來，分不清關於什麼，他也不想費神分辨，只把扶著方方的臂膀再加了力道，他抱住她，先是安慰，然後生出了一點激情，開了那無數難以分辨的，痛與歡憂的閘門，讓人深深嘆息，然後放鬆，甚而帶來安靜，停歇，不願意分開。

這樣的擁抱是太長了。嚴以新感覺到方方，一種細細的啜泣，一如她是少女的無助。人生終點要來了嗎？他們要一起走到終點嗎？他與她都很明白，等一下，他會送她回家，回到各自的生活，各自的身分，太平日子，約會很容易，然而，真有哪一天，日子不太平了，他們能守在一起嗎？

他放開方方，把她挪到眼前，看個清楚。

「方方，我們要不要在一起？」他說出口，與年輕人幾無二致。

這話早該講的，三十年前，四十年前，覺得這句話很幼稚，說不出口，現在卻一股腦講出來，這話的道理、滋味，他懂了，儘管一回頭已百年身。

「妳要不要跟我在一起？」他再問一次。

「事到如今，說這些做什麼？」

「就是事到如今，才說這些。」

他把她的手，放在掌心裡撫著。這雙手，他太熟了，他甚至記得它們粉嫩如櫻花的時候。

「你說太多了。」方方說。

「不，我從來也沒說過。」

方方沉默，嚴以新知道這沉默會很久，很久。一分鐘，兩分鐘，三分鐘，天色漸漸暗下來，該送方方回家了。他們繼續走向停車場，找到車，繫上安全帶，發動，繳費，出場，滑入無數無數故事之車水馬龍，交通指揮把笛音吹得又尖又響，嚴以新心底沒有了毛躁，暮色滿天，他握著方向盤，一分鐘，一小時，一輩子。

日正當中

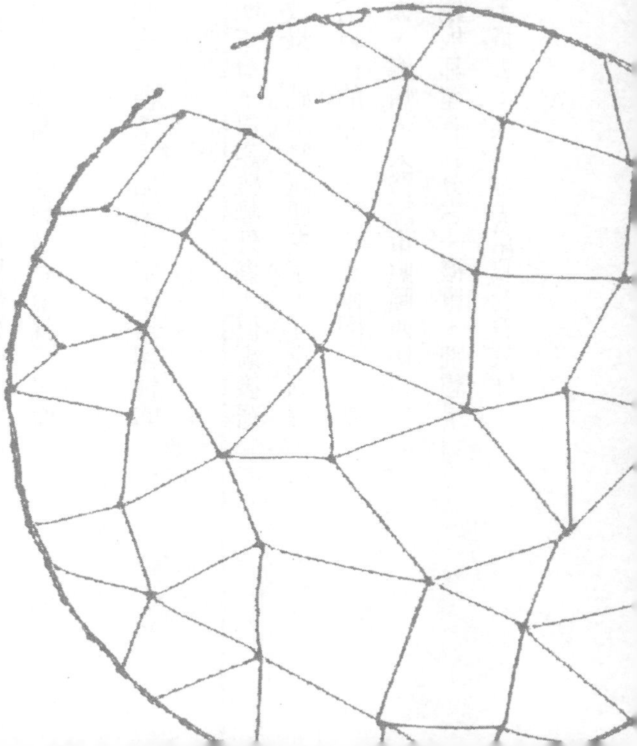

在那個發生過凶殺案的童年廁所，一隻黑手從隔間牆撲下來，她驚恐非常，要閃躲它，嚇阻它，聲嘶力竭，直到不得不絕望了，醒轉過來，意識到自己在尖叫。

之後，彷彿連續劇搬演劇情，她依序夢見兒時的學校、家屋，以及在那些舞台登場過的人們，這些過去，二十年來忘得乾淨，夢中相見卻歷歷如昨。一夢一期，一兩個星期下來，她在夢中走到了現今的局面，怪的是夢境就戛然而止了。

她跟開藥醫師描述狀況，對方沒來得及聽完，便下了結論：嗯，自傳性的夢。

自傳夢下檔不久，便發生了父母親的黎明車禍，母親雖無外傷，但事後宿疾胃疼卻不停歇折磨，換了好幾種藥都不見效果。她辭職賦閒在家，注意到這不尋常，催促母親去做檢查。母親這人向來信自己的心覺，診所踅兩圈，跟她說：算了，乾脆去大醫院，省得日後轉來轉去，麻煩。大醫院東照照西切切，等上不少時間，她對母親強顏歡笑，就算丟銅板都還有二分之一機會，別想早了。終而到了看檢查報告那一日，母親撒嬌不肯去：唉，妳去幫我看看就好。

天黑回家，母親料中了，是癌。

接下來一切都很快，幸好一切都很快，不給情緒撒野的餘裕。她給必要的親友打電話，收拾上醫院去的細瑣，同時依餐呑服醫生開出來的情緒調適藥，腦內迷宮仍在，然而彷彿暗黑之中哪來一隻手拉著她，遇牆自動轉彎；她不太清楚自己在經歷些什麼，只是順著眼前的線索走。直到醫院護士來推母親去手術房，她扶著床欄杆，和母親握了握手，摸了摸母親的臉，母親的頭髮，然後，看著母親被推出去，腦中空白，手裡胡亂收拾丟在床邊櫃的水、衛生紙，又把掛在椅子上的衣服、背包整了整——念頭轉回來，醒覺自己還在這裡磨蹭什麼，她急急奔出病房，母親已被推走一段，走廊上大庭廣眾，母親仰天躺著，彷彿孩子，眼裡滿是驚惶。

沒想過世上竟有那樣多的人擁擠著要動手術，母親名字亮燈高掛：手術中。筆畫看起來四平八穩、冠冕堂皇，一點不是日常家裡的邋遢瑣碎，那幾個字代表的實在是母親嗎？她陌生著，腦中胡亂猜想，那名字可以是另一個不相關的女人，過著另一種生活——人子總是忘記母親人生可能也有故事，比如說有過夢想有過遺憾；平常她無奈於母親酸溜溜怨嘆自己生不逢時，不知如何因應，現下此刻卻彷彿忽然跳出了慣常的框格，揣想起母親倘若不是母親，而是路人，那樣的姿色與性情可能會有怎樣的人生……

如此浮想聯翩，放任時間去等，甚至醫院進進出出好幾回合，盹也打了，書也看了，日落天黑，憂鬱之蟲如蝙蝠出洞爬得她滿腔滿腹，就在她疲乏至極的關口，母親總算從恢復室被推了出來，面目凌亂，神智尚未完全清醒，因而不掩飾地喊叫著。

深夜她在病床邊的沙發睡著，模模糊糊再度撞見自傳夢的開演，然而已不是秩序的回顧，代之以星般散亂的記憶：不快樂的童年，明明暗暗的情感，漏洞百出的工作，閃爍而眞實。

她滿背汗濕醒來，不清楚自己是不是又喊出聲。張眼是醫院死白的牆，來不及爲夢低迴，明白了把自己叫醒來的是母親微弱的呻吟：痛——

傷口痛嗎？她問。

母親虛弱地搖頭：是腹內痛，那個被割掉的胃在發痛。

她閉上眼睛，想像那是怎樣的痛？夢境伴隨憂鬱之蟲起舞，心絲酸楚、腦筋混亂，可這心靈痛苦如何和眼前肉體痛苦相比？日日黎明，總聽長廊傳來悽惻哀嚎，一個腦裡長癌的病患，進行切除手術之後，情況雖有改善，但意識卻始終沒有恢復清楚，沒有人知道他在嚎叫什麼，巡房護士無奈說：他的腦子可能一直停留在痛的當時，沒辦法轉換過來。

出院後，母親食量變得很小，每天早上她熬一鍋湯，再加丁點米熬粥，將菜絲切得很細很細，皆爲迎合母親胃口而做，一番忙弄，但通常只消幾口，母親便托下巴嘆氣：看著是很想吃，但就是裝不下啊。

人生遊戲換手，如今母親成了幼兒，而她得成爲母親，整間屋子家事纏纏絆絆，需要人手，母親遂不再叨念她去找工作：裁員就裁員吧。母親一直以爲她是被裁員的。景氣不好，全民低潮，成天打開的電視裡，出現好些精神醫師、娛樂藝人自殺的消息，社會新聞裡出現了憂鬱二字。

這是什麼毛病呢？是怎樣不舒服？會痛嗎？母親躺在搖椅裡問。她佯裝不知，憂鬱二字比裁員還讓她說不出口。她每去門診就編藉口外出，大太陽下不免覺得無路可走，既蔑視自己的病態，又無法解脫於病態。母親病後頻頻回顧生命過往，訴說歷史窮苦、惡境、挫折，釀就了她的胃癌，這些生涯說書本屬家常便飯，可它們現在變成了病，確立了悲劇地位，容不得旁人造次多言，她得小心翼翼，不能再像以前不理，更不該頂嘴。

母親一日小睡小食數次，把她時間切得零零碎碎，午前洗菜、洗衣、洗碗、吸地、摺被，十一點有種人潮歸去的寧靜，午餐悶悶吃過，城裡四處角落人們便紛紛小睡了。她倚著餐桌，聽見父母呼吸規律起伏，一起，一落，一消，一長，日正當中，傳說所謂正午的惡魔，靜靜顯現，心有惡念，心灰意懶，罪有應得，世界呼呼酣睡，不覺惡魔已現，除了那些被惡魔盯上的子民，那些理智已被黑膽汁浸蝕的人們……

她靜靜坐著，懸著頸，如有巨斧隨時可能落下，在如此的美好裡。戶外明豔，室內陰涼。直到哪裡傳來哪戶人家先睡醒了扭開收音機，咿咿嗚嗚，咿咿嗚嗚，正午惡魔面影慢慢消薄，她支著頸子，感覺自己如一艘擱淺的船，停泊於荒廢的小漁港，或沉於湛藍如寶石的大海，無限細的日常無限深的人生，一點一滴滲入，船身日益沉重，在無人知曉的海面，徒然不可挽救地下沉……

完全的沉沒之後，在海底，珊瑚礁四處遍布，靜默而優雅地搖曳，靜默而優雅地捕食，過往之繁花盛景，心愛珍重之無名寶藏，悉數沉入海底，任魚群啄食，隨時日腐朽，了無痕跡——

某一夜，她終在夢中短暫目睹了這豐饒而殘酷的海底，彼時她已無夢甚久，之前所謂自傳性的夢看來只是鳥瞰似地打了個草稿，碰到珊瑚礁般豐饒擁抱的細節便黔驢技窮地逃開。其後，夢沒再寫下去，每晚服用的助睡藥物，淨化成單純盡職的睡眠使者，只要約定時間來臨，便關掉她的意識如同她關掉桌上電腦，咻一聲，畫面就完全中斷了。無夢，也無任何輾轉，如一顆巨石咚地直直往下墜落，落到底，那時，她便醒了。如此之睡與醒，與其稱之爲睡眠，毋寧更像一種中斷，一種死亡——

天明洗手做羹湯。病後母親有時有點歉疚，殊不知在她自我感覺故障的當下，能洗手做羹湯是個多有活力的出路。時日過去，她愈來愈善於烹調，一小碗湯一小碟飯菜細細擺弄，只爲引誘母親胃口，她還特意吃得起勁，表演吃食的快樂，然而桌上依舊殘留許多被母親放棄的食物，那些食物又悉數擠進了她的胃裡。父親調侃，這樣看護下去，父女倆非但不會累垮，恐怕還會胖得鮮美豐腴呢。

後來她果真長了體重，回想醫師叮嚀情緒藥物讓人掉胃口所以常見體重減輕，不禁啞然失笑。母親過去總嫌她瘦，瘦得人生都失去了生氣，如今見她兩頗圓潤起來，頗爲滿意說：妳不是胖不起來，這樣正正常常吃，不就胖得挺好的。

她與鏡中對望，彷彿海上暴浪靜止了。竟然也有這麼一天，她不再有一雙神經質的眼睛，一個焦慮而痙攣的胃，情緒乖巧安靜，一尾不再掙扎的魚。

她繼續吃，繼續精進廚藝。母親的胃開始長大，開始展示它的新生、它的神奇，一餐比一餐多吃上一些，以前丁點碰不得的東西如糯米、糜粥，如今竟可來者不拒地吃，甚至連乘車也全然不感到暈了。

可喜母親漸漸恢復，可嘆她的體重卻減不下來。舉止臃腫，人生竟有此感，始料未及。她哀傷看著自己的身體，雖說藤蔓剷盡，內心空空蕩蕩，重組血肉另造新船的卻彷彿不是自己。吃得太多的幾餐，事後嘩啦啦開著浴室水流，動物反芻般把胃中食物悉數倒出，極端噁心的形貌。她和往日母親一樣，有個爛胃，在人生裡消化不良。母親說：妳凡事要想開點，不要像我一樣搞到胃裡長怪物。

憂鬱的反面不是快樂，而是活力。大家都想錯了，她想要的也沒那麼多，不過就是好好洗個澡，清清爽爽走出去。憂鬱的盡頭不是自殺，而是枯萎與惡魔的掌心。她擦乾水滴，走出浴室，切掉浴室的燈，然後，屋裡就完全暗了。窗外星光稀疏，永恆的夜，世界處處有人流淚，眾生之壞與死教她對生命謙卑且臣服，她既希望母親生命延續，又何能中止自己？母親的胃壞了，割除是唯一使她重生的方法。

赴院手術那天黎明，夢境邊緣她聽見怪聲，內心狐疑人生自傳哪兒潛出來一隻祕獸啼哭得如此陌生而淒絕呢？她從未聽過這樣的哭聲，手足無措掙扎了好幾轉，才弄清楚聲音不在自己的夢裡而是來自雙親臥房。她跳起床，敲門來不及等回應便推開，半明半暗之間，一對人影相擁，她愣住，是闖錯時間嗎？童年記憶刷刷翻過，曾經不懂的後來她都懂了，人生一步一步走到這裡，很多幸福的畫面她都丟失了。

走開，走開。她隱隱約約看見父親在揮手，那是要她離開的意思。父親懷裡的母親在哭，哭得如此戲劇。她往後退了幾步，平凡貪看戲劇的人，一旦來到宛如戲劇的人生，才驚覺戲劇竟是凝鍊了那麼多不可勝受的現實。她聽出來，那是一種死別的哭，與父親死別的擁抱，如同每個要進手術房的癌症病人，恐懼身體一打開來裡頭已經蔓延而回天乏術。

如今，手術燈熄，母親重回人間，雖然隱隱伴隨揮之不去的死亡陰影，但也因爲這重陰暗，轉而變得對生之明亮敏感多情起來。無法再如往常去公園做晨操的日子，母親開始聽廣播節目，據說自己也患過重病的主持人和聽眾交換病痛心得、療生妙方，音量充沛，口吻誇張，教導人要忘憂，鼓舞眾生隨喜，隨緣……

母親一邊聽，一邊攬著玻璃杯，喝完林林總總的營養品，再細嚼慢嚥吞下她準備的食物，節目就差不多要結束了。這時，母親會走到窗邊，往外探看一大早出去溜達的父親有無回來的蹤影，然後，迎窗算日子：今天，明天是第幾天，等到第幾天，我要出去走走，走慢點，慢點走。

終而時光，到了某個早晨，她和母親一起走出門。空氣裡有青草與麻雀的氣味。母親難免激動，興致勃勃說著接下來人生她要如何與過去畫清界線，和父親四處遊歷，不再計較金錢人情云云。種種話語飽含對生命的貪戀，也好像過去掛念不休的煩憂已隨那個拉警報的胃被割除清淨。她正思索莫非生命有限制才得自由？莫非縱身一跳絕境也就過去？忽聽母親叨叨絮絮轉到她的身上：要說還有什麼放不下的也只有妳了。母親忽然變得感性：我不知道爲什麼妳不快樂，妳要計較我這母親哪裡做得不好我也沒話說，事到如今說這些也沒什麼用呀，倒是人生我看總歸是順著路走，沒什麼絕對輸贏，妳看看我，哎呀，哪能事事料想得到，反正該走的路，妳走上去就是了……

她聽得鼻頭一陣酸，窘窘地把臉別開去；這種溫情讓她難以招架，不是因爲母親說得有道理，而是母親難得在說眞心話——

媽媽，憂鬱的反面不是快樂——某個瞬間，她也想開口說出心底的話，如人子對母親眞心坦白：媽媽，不快樂沒什麼關係，我只是越過了邊緣，媽媽，請不要怪我不快樂，是憂鬱的藤蔓纏繞了我——

憂鬱二字使她的思緒受阻斷，她畢竟還是什麼都沒說出來，草地上的麻雀隻隻長得肥滿可愛，憂鬱二字使她感到恥辱。

她們一起走過公園，麻雀，野狗，氣功，擊掌的人。公園對面有市場，魚販認出了母親：喔，陳太太，妳是失蹤去啊，這麼久沒來給我交關。賣水果的小姐也嬌滴滴喊，陳媽媽，買蘋果吧。

母親挺高興，小小一點市場繞了幾圈，拿不定主意買什麼。這原是母親的主場，不過病間換成她得三兩天就來一趟，因而也有幾個好記性的攤販跟她打招呼。母親臉上露出一種溫和的笑，彷彿滿意她已經長大了。

兒時的她，每跟母親去市場，經常走沒半圈，便臉色慘白，若再不小心踩到幾攤血水或見哪個小販利落劈斬魚肉，她就壓不住反胃而當眾在市場內吐了出來。母親拿她沒辦法，便不再帶她去市場，要不就讓她在外頭等，十來分鐘，半小時，甚至更久。

市場外頭通常是些租不起攤位的小販，席地賣些發爛的水果青菜，或是推車流動的紅豆餅雞蛋糕，她站久了，最怕老弱傷殘乞討，因爲她身上往往連一個銅板都沒有，而那些畫面又是如此殘酷，偶有瘋男瘋女走過，對她喃喃自語或惡念戲弄，她每回皆嚇得魂飛魄散。

事隔多年，她依然不明白，那個年幼的自己爲何沒哭沒鬧，也沒跑進市場去找母親，就算最後母親買好菜出來，她也沒說這段等待的過程裡，她經歷了什麼荒唐的事情。

她就這樣長大了，人生點點滴滴埋藏著憂鬱的種子，只要不至於使它發芽，不至於魔豆般瞬間暴長，人生或可走到盡頭。她陪著母親繞了一圈又一圈，買了青菜水果和魚，漸漸顯露疲態。走出市場，流動賣老薑、蒜頭、地瓜的老爺爺跟母親打招呼：原來這小姐是妳家女兒啊。身旁老奶奶嘴甜又湊上幾句：女兒陪買菜，妳好命啊。

母親點頭笑了笑，蹲下來揀幾顆紅蔥頭，生活又吃又喝，竟要這麼多食物，重透了，她掛了滿手塑膠袋，手腕上細細蛇蛇，走出市場，早晨已經過去，日正當中。

遷徙

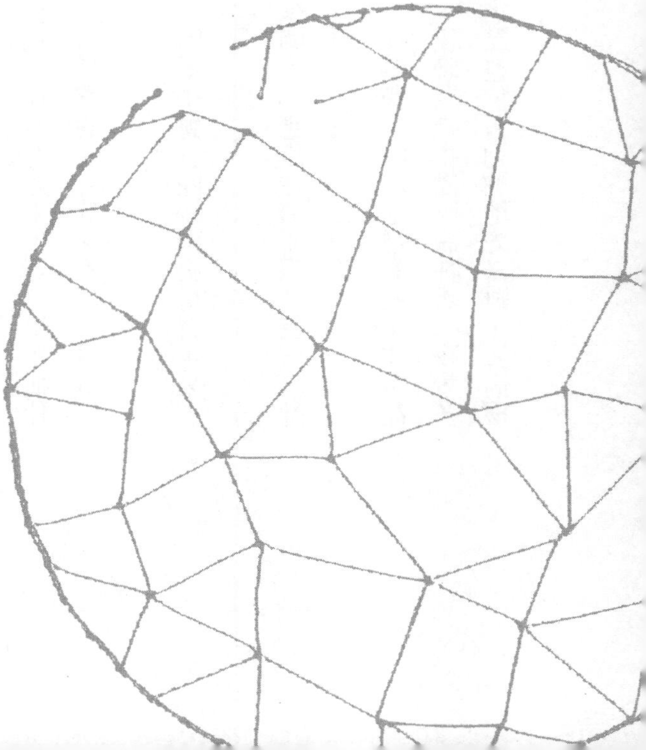

一九九九年剛開始那一天，妻子和女兒立敏、孫子寬寬三人，好不熱鬧在廚房蒸煮甫自丈人田埔新摘回來的玉蜀黍。「來，吃吃阿祖種的玉米。」祖孫三人廚房裡相互嗒呼，他從客廳沙發這角落看去，第一次覺得新居有種熱騰騰的擁擠。電視頻道裡持續在談那些新話題，什麼千禧蟲、Y2K等等，他反覆聽了多次仍然一知半解，憂憂自覺已被拋在世界後頭。

「哪兒弄來這種老式月曆？」立敏抱著寬寬，往客廳走來，寬寬手皮抓住牆上紅字紙曆玩起識字遊戲，立敏一張一張翻著揚聲說：「放這新屋眞是奇怪極了。」

「什麼奇怪，這可是特別跟木工要來的。」妻子聲音隨後由廚房冒出來：「總要這樣才知道舊曆啊，日子都過迷糊了。」

他拍拍手，把寬寬喚到手上，立敏跟過來問：「應該住慣了吧？爸。」她在客廳四處打量，推開陽台落地窗：「媽說天晴的時候可以看到海？」

他搖搖頭。平原太大，再怎麼晴朗也是一片塵煙，除非下過暴雨，才可能刷洗出一點點遠海的輪廓。妻子就是愛誇口，夜晚老指指點點說你看這夜景多美，他想老夫老妻跟年輕人時興什麼夜景，十點整依舊訥訥地先去睡了。高樓夜風冷，他拉拉被子，十二樓，的確夠高了，這輩子沒想過住這樣高的所在，鳥兒似的，人講落葉歸根，他與妻子這對鳥兒飛了大半輩子，到頭來卻選了這麼高的枝頭，靜靜地棲息。

國慶日連休假，他和妻子一早就醒了，把零落打包的家當再反覆巡上幾遍，還是感覺滿目瘡痍。妻子站在臥房外的大陽台，看漆得雪白的花架流瀉滿地碧光，綠盈盈的花蔬，捨不得，衝著他又數落：「這些花記得找個日子給立遠載去，或是鄰居誰要就叫來搬走呀，還有客廳那些魚，你說怎麼辦好，總不能留牠們在這兒活活餓死？」

「緩點再打算吧，現在這情況了，妳急那些幹麼？」他沒好氣喊回去。

住了十幾年的房子一說要搬家，也不曉得哪兒冒出來那麼多東西。兩個人一把歲數，還小夫妻似地為收拾家物而鬧彆扭。生活也跟著一團亂，一會兒是喝湯找不到杓子，一會兒又是沒牙膏了，晚上睡覺醒來恍恍然以為還在年輕的窮亂之中。後來兩人受不住煩躁，狠心就挑國慶連休讓搬家公司來載走，足足比原來打算快了將近三個月。

那天早上九點過，搬家公司浩浩蕩蕩兩輛大卡車開到門口，三個已經稱不上小夥子的搬運工樓上樓下扛，個把鐘頭就裝了兩車滿滿，手腳利落叫他好不羞愧。搬到新家，衣櫃床板一下子便把這小公寓給占滿，他一個人，累得像只洩了氣的皮球，坐在紙箱上不知該做些什麼好。立敏和妻子好果決地從廚房整起，他則滿屋子東摸西摸毫無頭緒，直到黃昏立遠一家來探視，才得救般地隨他們一起出去晚餐。

餐桌上立遠照舊一張臭臉，職業性的疲憊，他與妻都諒解，小心翼翼吃飯還自動打話問診所閒雜事。吃完回到新家近十點，他在大樓下方仰著脖子數，數到十二樓的黑暗覺得如夢一般。立遠放他們下車說不上去，他竟感到有些氣弱，怕撐不出那種一家之主領著妻子女兒回家的神氣。

刷卡，跟警衛點頭招呼，夜風颼得颼颼響的中庭，他走過竟隱約想起兒時農村的荒蕪，老妻推推他再刷一次卡進樓，好不容易電梯抵達十二樓，不料功虧一簣敗倒在那個新門鎖之前。幸好立敏接過手去轉了幾轉，開門，點燈，父親留下來那張老搖椅正坐在當眼處，他如釋重負喘了一口氣。

新家安頓好，他每月依約回診，抽血報告出來一切情況穩定，連血壓都回復正常。漸漸他又恢復了好睡，妻子開著電視催眠，他一旁睡得不知人事，甚至比在舊家還香還穩，妻子驚訝他適應之好，屢屢嘲笑他果然是給小偷嚇病了。

他懶得答嘴只往公園散步去，走到對巷回頭望望高樓，眞高，他得仰頭才會看見自家客廳的白紗，住慣透天厝的妻子老愛打開所有窗子通風，也不想想這高樓風吹起來是滿天的塵埃——妻子說得沒錯，若不是因爲小偷，年老至此了他沒想再費心買新屋。

他還記得那天晚上他和妻子由鄉間回來，尋常倒車入庫，他看見二樓房間透出隱約燈光，轉頭正想數落妻子出門又忘了關燈，然而，也是在這一瞬間，妻子聲音自後屋傳來：「後門沒關——咦，誰把這冷氣機撬下來了？」回想起來，也許是出於本能，那一刻，他倏地反應過來往二樓衝，爬到樓梯口，目睹臥房凌亂跡影，竟一下子腿軟癱倒在樓梯上，妻子向來膽大一些，從他身後跨過，一陣大叫：「哪會這樣？哪會這樣！」

警察來的時候，他坐在地上翻找存摺，幾本定存簿子，提款卡印章全掉得零落，心急體熱，身上只剩一件吊衫短褲頭，還滿頭是汗。警察問什麼他恍恍惚惚答不出來，只想著接下來怎麼辦，他做了什麼，存了什麼，這幾年，這一生……

「我說，老師，你別急成這樣子。」警察仁慈地安慰他：「明天禮拜天，銀行不開門，禮拜一一大早你打電話把所有戶頭止起來，不會有事的。」

他幾乎已經不能記起接下來那幾天他如何度過，白日恍惚怨懟整理被竊賊翻得混亂的家，和友朋親戚一而再再而三敘述竊後的情景，夜深人靜了，好睡的他圓睜著眼，腦裡淨播放那兩個竊賊怎樣在這房裡翻箱倒櫃的想像劇，想到受不了，翻個身，發現妻子也沒睡熟，她一生積攢的首飾這回悉數被偷光，夫妻多年難得一同失眠，回顧一生點點滴滴，不知不覺天就亮了。

總說事情是會過去的，然而，一兩個月經過，他依舊睡不好。沒想活到這把歲數竟敵不了兩個小夥子在他心頭抹過一片陰影，日夜他老豎耳聽屋子是否又有什麼鬼鬼祟祟的動靜，深恐小偷重回犯罪現場，夜裡幾次電話響起又掛斷簡直是把他嚇壞了。立敏看不過去，重提買公寓的想法，之前他始終覺得費事，可這回想了幾秒，竟當機立斷這是眼前最好的辦法。

從來沒有這樣快地買成一棟屋子，簡直如同上街去選了一件衣服。他機車載著妻子四處看樣品屋，因爲要看另一棟樓瞎打誤撞經過現在這屋子，剛完工，門前廣告旗幟才掛上呢，他不曉得爲什麼就執著這裡，妻子立敏邀他去看其他物件他都打不起勁，當然，那時候他隱隱約約知道自己可能病了，小便紅得可怕，人也倦得厲害，等到眼裡出現黃疸，就連妻子都看出來。之後很快住進了醫院，每天只是躺著抽血打點滴，直到指數下降，醫生才放他回家休養。好似要送給他一個禮物，出院不多久，立敏和妻子竟獨自擔當去談妥了他要的那間屋，講價到裝潢，立敏全盤扛起來幫他打點，他在那時病弱弱地意識到眼前女兒眞不是往日那個小女孩了。

這是一棟雙併高樓建築，戶數不如其他名樓動輒上百成千，又因地處文教區，坪數不大，進住家庭多半是附近學校醫院的年輕夫婦，偶有一兩個與他們同歲數的老人，多半是跟著兒子媳婦來住，因而他們兩老的獨居便顯得特別。妻子在意人家背後指點，又捨不下舊家，老叨念幹麼放著四樓透天厝不住，跟人家擠這種沒地方晾棉被的小公寓。時勢變化著實難講，他們這一代，胼手胝足想的就是土地上實實在在一間屬於自己的屋，誰會料到有一天那份安穩反倒引來了危險，他聽立遠講，現在有錢人買的全都是上百坪有科技又有醫護的高樓名宅，老式透天厝顯然是被財富遺棄了。

年輕時候他想得很多，年紀大了病病痛痛，兒女各自成家，他也明白人生的道路，現在，他凡事盡量想得簡單，當初既動念買了屋，圖的就只是一份安全又安穩的老年生活，他不在乎別人怎麼看怎麼想，抖擻振作只爲盡快適應新屋的現代生活。妻子初來乍到是連電梯都不會搭的，遇見管理員也緊張得很，不知該搭訕還是不搭訕好。他領著她逐一摸索停車位、對講機、信箱號誌燈、自動保全系統，以及垃圾分類。整棟樓漸漸住滿起來，冬末聖誕節，一樓交誼廳開張，他帶寬寬去參加晚會，摸了一個薑餅屋回來擺在電視上，之後每雙周末放電影，他吃過晚飯也去坐著看。立敏這次過節回來，也注意到他的安然，午餐桌上淨和妻子取笑他規律的新生活。他聽倦進房去午睡，朦朧朧夢到小時候打井水喝，便醒了，坐起身聽見門外妻子正壓低聲音道：「我看妳爸這人心狠呀，搬來後從沒聽他說要回舊家去走走，什麼花呀魚的他好像全不掛念了。」

他聞言一驚，放出丁點咳嗽阻止妻子，走出房來她們已經改口聊他的頭髮：「叫他在這附近找間新的店剪，就不要，這麼大熱天，還一趟路跑回去找那個以前的師傅。」

「習慣了。」他打個呵欠說：「找新的還得再說一次怎麼剪，麻煩。」

頭髮聊完，三人按計畫回鄉下去。路程關係，照例先去丈人那兒，一切照舊，只有閒聊間提到遠親在立遠診所起口角的事。接著回頂庄去看母親，一切也照舊，母親又去賭間。他站在賭頭阿順家門口磨蹭，就是不好意思直接進內屋去喊人。「楊老師！」這庄子裡絕大多數中青年人都當過他的學生，昔日拿著書本管教他們，此刻要叫他走進賭間喊老母好不難堪，且他也怕母親萬一賭興正來不肯休手，要叫他如何是好，還好總算有人路過知情幫他去喊，母親這次倒是很給面子地出來，拉著他的衣袖走得蹣跚。

其實母親根本已經瞎掉一隻眼睛，紙牌上的點數都看不清了，哪有賭贏的道理。

「立敏也回來了。」他好聲好氣對母親說：「回來看阿嬤，結果找嘸。」

母親哼哼笑了，不知道是歡心還是牢騷；他愈來愈不了解她了。他仍像以前那樣回來看她，但母子間坐著無話可講。他若說媽不要賭吧，她必變臉喊道：「你是知啥，人生剩這短短，我不賭甘苦。」現今要讓母親感到貼心莫過於談論賭事，偏偏他課堂教了多年排列組合依舊不諳此道，倒是幾個弟弟和母親志趣相同，咬著耳朵說人輸贏，好不親密，他這長兄除了掏錢之外一無是處。

唯有立敏等孫輩回來母親還多少守持些長輩模樣，此刻母親仍然捏著立敏細嫩手指叨念家族瑣事，彷彿立敏還是往昔那個小女孩。他默默坐在一旁，看後院那株隨手種下的香蕉樹長得之氣旺。一兩年前母親偶爾種點茼蒿、九層塔之類什蔬，這一陣子三弟在後院養火雞，姪子又時興養鴿子，把整個後院弄得泥濘屎臭，母親卻不再整理，全心全意盡去賭間不分日夜。他聞著腐爛卻又隱約有些兒時記憶的土壤氣味，想著若非父親一躺那麼多年，母親大約不致賭到這地步吧。

母親自少便受嬌寵，嫁給個性懦善的父親，脾氣愈養愈大。他與妻子作為長男長媳，一路吃了母親不少苦頭，但他從無怨懟，除了因為父親。記不得哪一年，父親喝了不知名的鹿茸酒，便莫名地病起來，連雜貨店的營生都沒法維持下去。多年過後，他自己去醫院走動，漸漸知道一種叫作帕金森氏症的毛病，然而，當年父親就是診不出明確的病來，醫院進進出出，只說是衰弱，得多補點營養。偏偏母親不耐多磨，父親成天躺著不肯下床，怕頭昏，怕摔跤，怕死，母親看顧苦悶，遂開始賭。父親怕母親把棺材本給輸光，黏著她不放，不肯離家靠兒子，不肯請看護，不肯住院，母親白天賭不成，夜裡仍去賭。等到父親後來去了，母親也賭入膏肓。

暮色中，他開車離開鄉間，走的是直通市區的新馬路，老妻一旁說著誰的田靠這開路闢地搖身一富便如何如何地犯桃花了，立敏抱著寬寬坐在後邊，寬寬早睡熟了，他回憶少女立敏總在歸途車上睡著的模樣，那是好多年的事了，滿街嶄新路燈在瞬間亮開，他眨了眨眼，有點老花，時間已經太晚，否則可以轉個彎去上父親的墳，好久沒去了。

「爸，」後頭立敏忽然喊他一聲：「你上次說那退休單的事怎麼樣了？」

「等啊。」他答：「新市長說沒錢發退休金，明年起按配額准退，所以大家全擠著今年報，也不知道准不准得過。」

「叫他早退就不聽，」妻子一旁插嘴道：「什麼爛身子也不想想。」

「你還是不想退休嗎？爸。」

「要退咯，一禮拜二十五節課，現在的體力撐不住。」他自嘲：「再說，那些電腦教學什麼的，怎麼可能再從頭學，林添生、劉天凱他們都申請退休了。」

立敏當初是從他執教的中學畢業，從前喊老師的現在一律成了父執輩。立敏開玩笑說，那就叫光宇回來開個電腦教室吧，讓眾老師們學會了重回教壇或退休後娛樂。光宇是他的女婿，早提過退休後要給他組台電腦上網，他嘴上哈哈應好，心裡畢竟膽怯；科技對他這個歲數的人來說，如同一匹連形狀都無從想像的年獸，再說，他對光宇向來見外，他絕少過問這個外省女婿，人家說要送什麼他多客氣婉拒，偶爾幾次光宇和他坐著看電視新聞等吃飯，光宇興起論時事他也總是默默的。說起子女的婚姻，他似乎很寂寞，沒什麼親家來往，媳婦那邊的父親婚前便過世了，而立敏這兒的親家說些什麼他實在迷糊，數十年了鄉音還重成這樣，婚禮前後幾次寒暄，「聽有嘸？聽有嘸？」妻子拉著袖子問他，他爲了面子總要點頭說有的。

妻子常說他愈來愈像死去的父親，內向容易緊張，畏死而重養生。如今他每天的確吞吃許多藥丸，恪守粗茶淡飯有機飲食，外頭活動因爲妻子慫恿漸去得多，但若沒有妻子陪伴，他多半還是裹足不前。父親死後至今，妻子經常還會夢見，獨獨他老夢不見，甚至好多次睡前他故意細細思索父親生前容貌與性情，想說日有所思夜有所夢，然而總還是夢不著。父親最常造訪的倒是立遠的夢，父親生前老愛賴著這個當醫生的長孫，死後竟也還是跟著。

他每想起父親晚年的情景，就延宕退休的念頭，他怕退休後的人生空洞，讓自己很快走上父親的道路。若非因著這個考慮，他早已教得極度無奈厭倦，他本不是這樣的教師，過去四十年始終兢兢業業教著前幾名的班級，然而，時代變了，孩子家長也跟著變，漸漸他覺得手軟心徬徨，好比某日走進教室，看見自己班上一對男女正摟著親嘴，教了一輩子書的他，當下還真不知該對這群孩子說些什麼。

上個月陳主任回學校來送文件，順道進辦公室來和他們打招呼，一群人圍住他淨問退休生活怎麼安排。「每天六點起床，到公園走上一圈，用過早飯去股市貴賓室坐坐，收市後回家吃飯，睡午覺，醒了再去俱樂部做運動泡溫水。」陳主任一派輕鬆自得：「生活比上班時候還規律。」

他肝病出院後即給學校提了退休，一路等到現在，還沒有確定的回音，聽人說可能得去送紅包打通路，他捨不得錢也覺得荒謬，只跟醫生要了疾病證明書，他想，以自己的歲數年資，沒有退不到的道理。近來他開始打點退休生活，當初看中這屋子，圖得即是附近綠地可走動，真正病痛了醫院也近，就連電腦，他私下把學校發的使用手冊逐行讀過，如教書般圈紅了重點。閒暇之餘，他試著重拾報章雜誌，不免驚訝社會上如他這樣歲數的人，許多依舊活躍，好比某某國家獎項得主，比他還大歲數，還有前陣子高雄新找出來的副市長不也是他師範同期校友嗎？他回頭想想自己的一輩子，那個玩過一陣子相機的清瘦少年，走到老年，模樣還是像極了父親，有時妻子出門，屋裡便一點聲音都沒有，他獨坐在那張搖椅上搖著搖著，覺得自己得加把勁跟這滿室寂靜拔河，跟自己的血脈拔河。

遷徙一週年，他總算如意退了休，火般鳳凰畢業典禮，他領到了退休證明，一輩子馬不停蹄工作，如今彷彿機器停止運轉，瞬間無聲無息。幸而眾人都到了歲數，有人倡導去當義工，朋友間遂多了各類藝文免費票，一把年紀的人，還像中學生般約著時間去社教館文化中心聽音樂會看芭蕾舞，每週且和林添生劉天凱夫婦約了郊外跑跑，回程找家附餐點的咖啡館吃飯聊天，如此新鮮規律，妻子老愛說吃簡餐吃簡餐，她以為那是一個城市得不得了的稱呼。

誰知道，冬天還沒來呢，一古腦栽進母親的看護裡。這一兩年母親多少有些病況，但總還不到嚴重地步。某日，母親在賭間倒了下去，血壓飆近一百八，全是沒正常吃睡的緣故，之前也曾如此送過幾次醫院，但這回卻眞走不動了。

他從立遠那兒拿來一輛輪椅，推出推入成了母親的交通工具，與弟妹輪流給母親送伙食。妻子掏空心思煮湯燉粥，母親仍是舀個幾口便擱手，更糟的是他奔波來去毫無胃口，妻子不由得擔心起他的身子來。大冷天，他試著接母親來住，母親住不慣，性子一來便鬧著要回家，某日，翻臉大嚷非要他送她回老家不可，他不肯，母親氣沖沖要搭計程車，胡亂撞開大門，抬眼望見電梯，只好無奈搖著輪椅回來。事後幾天他才知道，原來是他與妻子不懂母親心事，那一天，是心癢癢要回去看大家樂開幾號，他與母親開玩笑：「怎麼不直說呢，順便還教教妳這傻兒子來贏一把。」

然而機會總是愈來愈少了，農曆年節立敏抱著寬寬回去給阿嬤送紅包，母親捏著立敏手指，說：「虧妳回來看阿嬤，這可能是最後一次了。」

開工沒幾天，母親徹底住進了醫院，他開始了二十四小時的機動看護。媳婦給他買了最新的三頻中文手機，他根本不曉得怎麼用，過去他以爲行動電話等科技產品這輩子是與自己無緣了，誰知道現在連妻子也必須學會接手機，常常是他在開車，三弟那兒打來說母親又怎麼了，要不就是立敏，她盯他盯得緊，擔心六十歲照顧八十歲，兩邊都出狀況。

壞脾氣的母親從前住院，總謾罵到整樓護士沒人敢來搭理，這回沉靜下來，他坐在床邊反倒難過。母親病情已經談不上進食，所謂吃飯，多半只是從鼻胃管灌些牛奶進去，醫生每次來看也都只說時間的長短。母親體內器官可說已讓尿毒敗壞殆盡，必須靠洗腎才能維生。每隔兩天，他推著母親去洗腎中心，滿屋都是人，依著時間排病床，年輕時候聽人講洗腎如何昂貴痛苦，如今這裡卻像個明亮的交誼廳，幾台電視掛在牆上，有人清醒的捧著零食吃，有人盯著電視看，少有完全昏迷至母親這步田地。

一兩個月過去，他一個男人家漸漸學會了給母親翻身、拍背、換尿布，醫院窗口照進來溢滿藥水氣味的陽光，他審視母親枯乾的肌膚，發皺的屁股，難以想像如此萎縮的器官如何生養他們兄弟六人。對比思想起來，他難免爲死去的父親抱些不平，父親晚年情景他如今分外感同身受，然而當年屎尿諸事母親毫無耐性料理，脾氣暴躁起來斥打父親也是偶有的事，這些他為人子不能責備些什麼，只感嘆父親最後一日著實只是翻床摔昏，不到急著找人剃頭準備喪事的地步，偏偏，父親就如此被折騰了。

清明四月，母親狀況愈來愈壞，他一個人應付不過，身子也撐不住每夜坐在病床邊打盹，立遠立敏堅持找來兩個專業看護日夜輪班照顧。倔強的母親即便昏迷，仍有氣怨，任他怎樣問，她就是不肯應，偶有弟妹親戚來探，指著他大喊：「這是啥人啊？」母親依舊不吭一聲。前兩天，他看母親神色稍好，下樓找人來給她洗了頭整了髮，端端莊莊躺著。他問餓不餓，母親若有似無眨眨眼睛，他想想，又柔聲說，要不我去買碗稀飯，母親睜開眼睛，答一聲：「喔——」。

那就是住院後期母親跟他說的唯一一句話了，他像個孩子心花怒放繞回家吃午飯，路上還幫妻子買了袋綠盈盈的芭樂。

然而，隔一日的黎明，母親便去了。他隨著救護車把母親送回家，看醫護人員拔下管子，母親不多掙扎靜靜走了。日頭爬上來，他把接著要發落的喪葬諸事交給弟媳，轉回去醫院繳費並且申請死亡證明。櫃台小姐問他要幾多份，他算算竟要了十份，分別是要給二弟四弟六妹還有立遠他們這輩申請喪葬津貼的，醫院走廊似乎沒有一天不是人來人往的鬧象，他兩手空空坐在椅上等，無限倦意湧上來，沒有痛苦沒有哀傷，說不出自己是怎麼了。

他在父親所葬的墓園，給母親找了一塊地，有點距離，但總歸是一塊的，不曉得這樣是否討父母歡喜，吵了一輩子，一同死了應該不會再吵吧。入殮那夜，任牽亡歌哭得怎樣哀戚荒誕，他畢竟沒有滴下眼淚，也許是時候已到，也許已經善盡人事，至多只是一直想起父親，父親走的時候，長子他跪著倒是忍不住當眾淌了許多老淚。

日子看得久，停棺近半把個月，喊不完名字的姪子姪孫紛紛回來，叔姪輪番上桌玩紙牌，就連剛娶進門的孫媳婦也抱著孩子一旁看得興味，大夥說笑喊阿嬷也一起來玩吧，阿嬷最愛撿紅點了。母親封棺躺在隔壁老屋，他拿著冥紙一張一張給母親摺金元寶，得摺滿好幾個大袋，日子一天一天守，守靈的他長了滿臉鬍子，頭髮也不得剪，蓬首垢面之嚇人，連孫子寬寬都不給他抱。

最後出殯那天，公祭一大早開始，遠近親戚兄弟交陪都來，他跪著答禮，從頭到尾，禮成直起身來眼前一陣昏黑，幸好有立遠守在身後扶了他一把才未癱倒下去。太陽漸漸升高，他跟著母親棺尾一路送，這走過多少次的墓地與芒草啊，下棺時分，主喪者一再喊他們幾個兄弟去看棺是否擺得夠正，以免日後庇蔭不公又起糾紛，他心裡痛，太陽曬得他滿頭汗，子孫們輪流來拜阿嬤，他對著母親墳上，撒了土，撒了五穀，撒了釘，時間已近正午。

千萬大厝百萬存銀，點一把火，隨著烈日旺旺燃燒，子孫們取下頭上喪布，撈一把金元寶，給阿嬤燒元寶過好日。溫度這樣高，附近鄰居都關起門來避。眾人另起一堆火，所有垃圾包括用過的喪葬用具，統統往火裡擲，他看見五弟從車裡拿出母親住院期間帶來帶去的行李袋，新嶄嶄地扔進火堆，他遠遠看袋子著了火，想起母親用過的杯子、毛巾、襯衣……

午後三點他終於回到自己的家，簡單刮了鬍子，沖過澡，便出門去理髮。天氣轉熱，他站在有樹蔭的中庭，愣過片刻，徒步去附近巷子找了一家理髮店。初次見面，坐下來總是很尷尬，特別是他這樣滿頭滿臉的亂。他沒什麼意見就隨師傅剪，耳邊蟬聲不絕，他累了這好一陣子，隨時都可以睡著。醒來的時候，鏡子裡是一頭蒼白粗短的髮。

「這叫什麼頭？」他摸著光溜溜的頸子問。

「自然頭！」外省師傅答得很響亮：「天氣熱剪個精短，涼快！」拍拍身上的髮屑，他走出門，看起來差不多和公園裡那些打太極拳的老頭子一個模樣了。回到家，妻子女兒迎著他一陣好笑，就連寬寬也調皮摸他的頭。玩過一陣，他覺得睏極了，妻子和立敏又坐回餐桌喝茶聊天，他躺進沙發，昏沉沉的，好像只是尋常的一天……母親死了，他望著窗外的藍天，再想想，父親也死了……那是幾年前的事？父親的手尾錢他留了好幾年，小偷什麼都偷，獨獨漏掉這乾癟的紅包。不久之前，病後買新屋，他拿出這幾張父親親手捏過的鈔票，依俗例，立業成家，用以付了眼前這新屋的訂金──落葉歸根，他又想起這老話──妻子說，到了最後的時候，總是要回舊屋去的吧，總不能在這高樓，會吵到鄰居的……

他模模糊糊聽見身後妻子依舊叨叨絮絮在說著什麼，年輕妻子即便埋頭工作也還工整穿著美麗洋裝，他發動他的偉士牌，噗噗噗，過去的道路就是灰塵多，他揉揉眼睛，睡著了。

小原

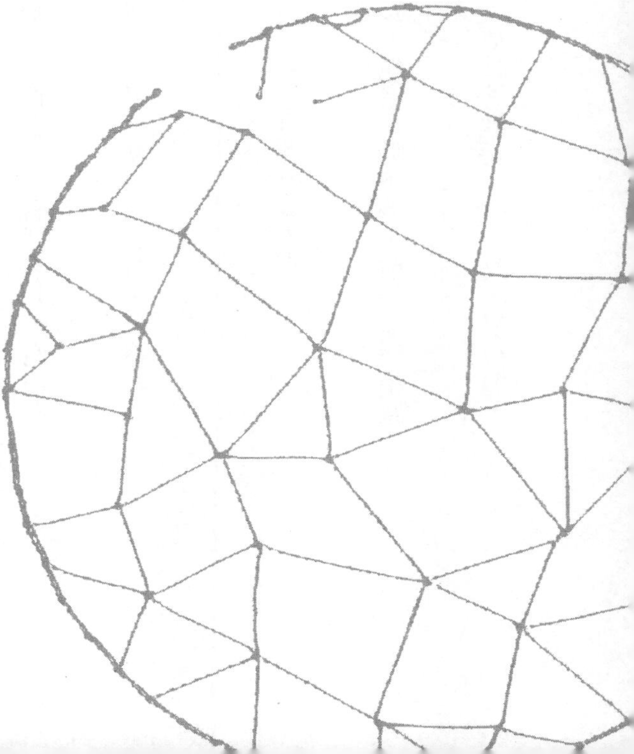

他一邊扒飯盒一邊看重播日劇，樓梯上方隱約有對男女在交談：要不就這家吧，找來找去累死我了。

請問這兒有幫人印名片嗎？男孩羞澀地問。

有啊。他闔上便當，抹抹嘴，隨手抽張紙：看要印什麼，名字住址，還是什麼頭銜的，寫在這裡。

男孩低頭寫起來，同來的女孩多手多腳翻他工作台上的各式名片。有沒有什麼樣式借我們參考一下？女孩說。

把資料寫齊，我自然會幫你們排。他一邊接過男孩遞過來的紙，一邊對女孩擺壞臉色：明天下午你們可以來看草樣。

29127566。他習慣性掃過一眼。

男孩女孩隨後選定編號4014的荷蘭紙樣，付了三百塊訂金，走了。

又是恐怖的恐怖的，深夜，使他浮躁不安，他老是睡不著，前天他與小原見面，她說他腦子一定出了毛病。

你去做個檢查吧。她邊吃魚邊跟他說話。他盯著她切魚的刀叉，覺得痛，他討厭魚。

想想看你這樣多久了，叫你放輕鬆點你又不聽。小原說。

他看著她，覺得她怎麼變得這麼平靜且家常。她忘了他摟過她親過她嗎？他看著她吃魚的模樣想：她忘了他們一起吃過多少頓晚飯嗎？過去，小原的神情裡，總還有些留戀與試探，無論如何，她還用情人的眼光看他。可是，現在，看看她，眼睛安定得不像話，嘴巴說出來的那些關心聽起來就只是禮貌。沒錯，她不在乎他了，他想，小原大概是有新戀人了。他的腦袋裡一陣亂風颳過，咻咻咻，他真該去看醫生。

可是，話說回來，人的腦子怎麼個看法？送進機器，掃看看長了什麼鬼東西？坐在那兒懺悔說我錯了請讓我睡著吧？他不相信這方法會有效。使他煩心的事其實很簡單，忙，就是忙，停不下來的亂忙。他想休息，但若不把體力給折騰到盡，躺下來必睡不著，徹夜東想西想，天亮了拖著黑眼圈更感到枯累。他很累，卻不曉得如何跳出累這種狀態。

小原往昔便知道他這種情況，可是，開口建議他去檢查，倒是第一次。

他瞪著她，狐疑且孤獨，她果真不在乎自己了。他忽然生氣起來。她不知道他這毛病是因她而起的嗎？自從他愛過了小原，他便成爲一隻夜半不眠奇怪的獸。

他隨手抽幾張名片，隨便找個號碼。22158475。他又去拿話筒。不過是惡作劇，看什麼醫生。電話接通了。一聲鈴。二聲鈴。三聲鈴。這個號碼接得快。喂。喂。男聲。他掛斷。這聲音聽起來不好惹。再翻幾張。23698112。27670939。他找一個念起來順口的號碼。這回他記得看名片上的名字。是個女生。很好。再試一次。

喂。

聲音很清楚。

他覺得精神起來。失眠畢竟不孤獨。這麼多人還沒睡。

喂——喂——

最初，半夜他打電話，不過想聽她說聲喂。喂。他若不出聲她便會再多說一次：喂，請問找誰？他想自己病了，這麼卑鄙齷齪，只爲聽人家聲音便裝登徒子。但她最多就說三次：

喂。

喂……？

喂——

他一聲一聲辨認她的心思。然後，沉默。然後，掛斷。

其實是他拋棄了小原，事實就是如此，沒什麼不敢說的。

剛開始的時候，他是不好說話，怕被房裡的妻聽見。誰知後來竟能貪戀成病。即便家裡空無一人，他握著話筒，還是一句話都說不出來。小原接過幾次，漸漸知道提防，不太出聲音，潦草喂幾聲，掛掉電話。再後來，一點聲音也不給，雙方對峙幾秒，喀嚓，沒有了。

他宛如被拋棄般哭出來，哭完自己又忍不住笑，結婚的是自己，又不是小原。更可笑的是，竟然不是小原來糾纏他，而是他不放過人家。

他死心一陣，安安分分做事。名字，地址，電話，粉藍，粉紫，粉紅，各式各樣的名片，店就在學校附近，生意不錯，年輕學生愛擺樣子，一混出點頭銜，就來印名片。晚上癱著沙發看電視消磨至夜半，一部片看完換另一部片，愈晚愈限制級，頂多口乾舌燥，仍然未必能生睡意。房裡妻已經睡去很久，因著作息時間不一致，竟全斷了房事，甚至偶爾幾次，他恐怖發現自己竟是不能做了。久了找些色情錄影帶來看，年輕時候不容易取得，現在氾濫得到處都是，看到後來不免驚訝外頭男男女女，走到這地下室來印名片的學子甲乙丙，那些拿起電話筒便自然說喂喂的人，也都這樣方便容易赤裸裸嗎？可恨他還是激不起什麼感覺，直到某夜某支帶子某個女人讓他有點專心起來，那極端白皙的皮膚，閉眼掙扎的神情，幾分觸動到他，再仔細看幾眼，忽地他明白了，唉，原來是小原。就像其他演員，女人裝腔作勢閉著眼睛，表情混雜痛苦與淫蕩。

於此，漸漸也就飽足，只不過守貞似地，費盡心思買到同樣一支錄影帶，一次又一次地往下墮落，幾至殘虐呻吟地步。長夜漫漫，孤獨難耐。開始帶一些零碎字條回家，堆在口袋隨手一掏，抽中哪個號碼就撥哪個。

喂。

喂……

喂——！

有的遲疑，有的果斷，總之掛掉。如果還說些什麼，多半就是罵他神經病、變態、色情狂，再者撂下幾句狠話：有種你再打來試試看！

他沒種，在這種行徑中，他完全承認自己的猥瑣。反正號碼多得是。使他意外的是有些號碼竟陰錯陽差有了回應。某個才打第二次的號碼，對方便認定他：你是阿中嗎？中？你是阿中吧。你總算打來了，我一直在等你打電話來，我相信你一定會打來的。你不想講話也沒關係，你打來我就好高興了……

他像播連續劇似地連打了幾次，女孩後來完全以爲他就是阿中，時間一到，她彷彿比他更準時，守在電話旁邊，接起來便對他傾訴，自白，告解。她希求他開口，因爲只要他不開口，就是還不肯原諒她。女孩每回必到泣不成聲，他便在那時候掛斷。

或是，冰冷的，對象是誰其實都無所謂的：我不知道是不是你，如果是你的話，那麼，你聽清楚了，我們之間已經沒什麼好談的，請你不要再打來。

也有個猛然發作起來，沒頭沒腦把他罵了一頓的人：你憑什麼這樣打電話，你憑什麼？你憑什麼！難道還要逼得我換電話不行嗎？你夠了沒，你已經毀掉我夠多了，連個電話號碼你也不放過嗎？你到底想怎樣？你到底是想怎樣！

氣到這裡電話就斷了，他把話筒放回去，捻熄燈，爬上床，盯著天花板，聽著妻子的呼吸。是啦，我到底想怎樣？這世上很多人聽起來比他更糟。他不過想聽聽小原的聲音。喂。可他不能總是撥那個號碼，只好這樣瘋人癡漢般亂打，直到打夠了，準備夠了，好，深吸一口氣，撥那個魔咒般的號碼。

小原，小原，是妳嗎？

這一陣子，好幾天了，線路都接不通。嘟，嘟，嘟。他想，電話線應該是被拔掉了。

他沒什麼難過也沒什麼元氣地繼續過日子，做生意，買便當，看新聞，一樣忙，沒有比別人更壞。

結果是小原自己來找他。他剛吃過中飯，正在剔牙。

路過跟你打個招呼。來，請你喝一杯咖啡。她一派輕鬆。

只要奶精，不要糖。他喝得出來，是附近一家咖啡器材店煮出來的。

他邊喝邊打量她的穿著。她看起來沒有枯萎，也沒胖。爲什麼她沒變胖？他不禁納悶。她比以前會打扮，看起來更成熟些，氣色也不錯。

後來你去看醫生了嗎？小原問。

看了。

結果？

除了壓力大還能有什麼說詞？他完全可以說謊：睡眠障礙嘛，就開點安眠藥。

效果怎樣？

嗯，仙丹妙藥，睡得像死人一樣。

小原停了停，一口氣把咖啡喝完，空了手，便把色紙簿拿起來一頁一頁翻著。

欸，我告訴你。她忽然滑出一種他熟悉的音調：這一陣子，半夜，我老接到不出聲的電話。

那音調聽起來好順，好親暱，讓他幾乎錯覺他們根本從來沒有分開過，像以前那樣對捧著馬克杯，細細碎碎的聊天誰這麼無聊？他很自然回應。

就是說嘛，好怪。害我有時候睡著了，還被嚇醒。

這音調眞是太撩人了，他簡直覺得心裡不能安靜。方才那一下子，他是眞正生氣哪個人這麼無聊，竟敢騷擾小原。然而，念頭一閃，像是氣球瞬間被刺了針，被鬥敗的公雞——他竟膽敢忘記自己幹了什麼嗎？天啊，他居然攪混了，他是不是眞的該去看醫生？

學生印這麼多名片做什麼？小原又問。

現在學生可不比從前囉。他給她說明了一頓。小原搖頭：我名片老遞不掉，偏偏一印就兩大盒，一盒都還沒用完就離職了。

那拿來送我幾張吧？

哼，才不要。我同事說印多印少一樣錢？

是啊，門檻價，不印白不印。

就在這有一搭沒一搭的雜碎話語之間，小原不經意夾了句：不是你打的吧？

他也好像只是偶然聽見，心領神會，便哼了一聲：怎麼可能。

沉默。

忽然間，他後悔了。這棋局，一個閃神，他下錯了。

小原。是何等聰明的對手。

他按兵不動。起手無回大丈夫。

這年頭，怪人怪事。小原果然收兵回營，每個咬字變得簡短而冷靜。

他打個冷顫。她眞不愛他了，她不用愛他也可以活得很好。

我要走了。她站起來找提包。

回去上班？他也站起來，伸伸懶腰，彷彿坐了很久。

不，不回去了。我要去電信局，把電話號碼換掉。她又搖頭：受不了了。

他站在小原面前，搔搔頭，晃晃腦袋，彷彿等著她收拾東西，等著她離開。

小原左瞧右看，找垃圾桶，喝過的咖啡紙杯。他伸伸手，那意思是：給我吧。

他把紙杯捏扁，小原的電話號碼就要作廢了，那個他以爲自己一輩子都不會忘記的號碼。

他這個幻想鬼，腦袋出問題的人，在心裡用力搖著小原的肩膀，像獅子一樣吼叫：是的，是的，就是我！妳早該聽出來了！

小原什麼也沒聽見。她要走了。她不是沒給過他機會。這一切，是他咎由自取。

小原不會給他新的號碼，再問也太可恥了，除非他說得出口：小原，讓我們重新開始吧。

他站在她的背後，像個輸掉王的棋手，看著她，一級一級登上樓去。

文青之死：A Fond Farewell

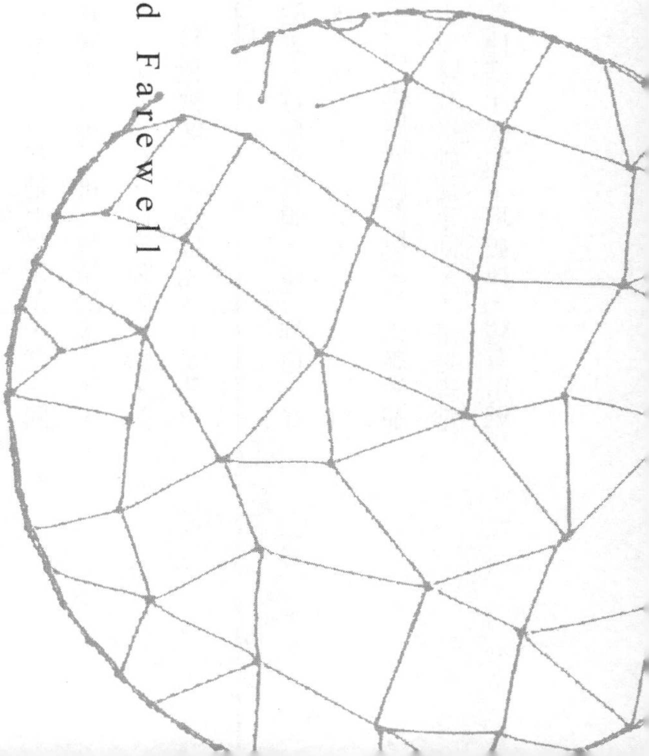

二〇〇三年 Elliott Smith 把自己結束掉的時候，我哭了。他人痛苦不干我的事，我也不見得理解他人的痛苦，但我還是哭了。淚水一顆一顆滾出來，濕了滿臉，我簡直要爲自己臉紅。

按理來說，Elliott Smith 屬於我的朋友吉兒。每次聽 Elliott Smith，我就想到吉兒。從根本說，我第一次聽見 Elliott Smith，就是在吉兒的車上。

那是還沒有高鐵的時代，我和吉兒經常跑台北，要不是上京領差，就是回報工作進度，要不是早晨第一班飛機，就是晚餐後最後一班。說是最後一班，抵達台南也不過晚上九點多，不過，那種時間的南方，往往已經睡眼惺忪，長年隸屬軍用的台南機場，更是一片寂寞，茫茫霧色裡除了跑道燈光，淨是蔓草或沙丘掩體的機堡，裡頭停著軍用機如巨獸昏睡。

搭最後一班飛機的人似乎總不多話，接駁車上各自垂著頭，凍著神色，好似一群不知將被載往何方的異鄉客。車抵大廳，有人接送的快快離開了，我和吉兒慢慢踱到停車場，總沒剩幾輛車，彩色塑膠繩做成的假屋頂在夜風裡翻飛，一波一波竟有幾分神似草浪隨風滾動。吉兒讓我搭她便車回家，這是經常的事，可是，那天晚上，一個沙啞男聲，沒有什麼起伏的平坦旋律，隨著引擎發動無防備地滑出來，連咬字都聽不清楚，但是，吉他好吸引人，輕輕撥兩下就打中了我。

這什麼鬼？我記得我這麼說。

Elliott Smith。我也記得吉兒的回答，好清楚。

我們一如往常經過綿延幾百公尺的機場圍牆，熄燈的軍醫院，五彩霓虹檳榔攤，無人光顧快炒店，然後，因爲要送我回家，吉兒的車在中華南路左轉，經過殯儀館，地下道，南山公墓，一如往常鬼魅森森。台南什麼都歷史悠久，連亂葬區也是積累百年而成，本屬遙遙南門城外，孰料滄海桑田，今日這片土地已經可算都市核心，周邊監獄早在幾年前便改頭換面成百貨商場、五星旅館，成爲觀光客必到的新天地。

我查過好幾個城市。吉兒忽然開口：喪葬之地經常被安置在南郊，妳覺得這是爲什麼？

鬼才知道。這種資料有什麼好查的？妳眞是個怪胎。

台南住這麼多年，南區印象好少，大概就是因爲墳墓與監獄。小時候坐我爸摩托車，經過剛才那個地下道，一爬上來，被墳墓嚇壞了。

這麼嬌生慣養？

第一次，衝擊吧。那時候住北邊，對一個孩子來說，這裡夠遠了。

現在熟了？

拜妳之賜，從忠烈祠、水交社，到永成路，一整個接起來了。這後頭故事挺多，改天說給妳聽。

好啊，我們外地人常常糊里糊塗什麼也不知道就住下來，不過，就算有怎麼樣也跟我們無關吧，只有房東每天在那邊苦等公墓遷移，房價上漲。

我們去黃金海岸吧。吉兒忽然提議。

現在？

對。

好。不過，音樂要繼續開著。

吉兒一邊微笑一邊靈巧地把車掉了頭，不多久，我們就在朝南的台十七線上奔馳，窗外夕陽如金的黃金海岸，此時只有防風林暗影搖曳，沒月光的晚上，連浪都看不清楚。

叫作 Elliott Smith 的傢伙一直唱，雖然有時也有熱鬧的和弦，不過，總的來說，就是好低好低的音頻。

這聲音聽起來超寂寞的。我說。

是嗎？相不相信，這傢伙塊頭很大，簡直像個拳擊手。

拳擊手？

是啊，輸掉的拳擊手，也許。吉兒說。

輸掉的拳擊手。這個詞可能從那一晚便在我腦海裡埋下了種子。我後來知道，那是一張叫作《Either/Or》的專輯，那些音樂原非使我動情的路數，不過，那天晚上，是無月光的深夜公路太適合 Elliott Smith 嗎？後來，我們定格在一首叫作〈Between the Bars〉的曲子裡，雖然我們根本不在酒吧，不在都會，而是荒煙蔓草，被遺忘的貧窮小漁村早早就睡了，只有遠處火力發電廠還閃爍著奇幻的光。Elliott Smith 反覆撥弦、吟唱，明明單調，但我聽著聽著卻好像被什麼漩渦給吸了進去……

我並非經常在吉兒車上聽音樂，台南車程很短，她的車也舊，隔音差，聽什麼都徒勞，我們若非空蕩蕩閒聊，就是隨便開著廣播伴音而已。一起聽過

Elliott Smith 之後，再有機會搭她的車，兩人彷彿有了交集，東找西找些音樂來聽，有非常早的 Joni Mitchell，也有後來的 Nirvana，那是吉兒的世代，沒什麼稀奇，比較令我詫異的是有一次我們聽了 Free Night 時期的張震嶽。

哇！我故意問得很誇張：妳會聽張震嶽？

爲什麼不？很開心呀。

開心，對，開心，我知道吉兒說的是什麼。愛我，別走，想也不用想的節拍，怦，怦，怦，心臟這麼活潑亂跳，有什麼擋得住我？如果說 Nirvana 使人憤怒，張震嶽眞使人開心，不管什麼事，聽著聽著就開心了。

吉兒很快摸明白我的搖滾路數，不過，搭了她這麼多次車，我還是搞不清楚，如果以音樂來分類，她會是哪一種人。她看起來有點像那種典型台南人，沒有什麼特立獨行的怪模樣，不會做明顯惹惱人的事，叛逆因子都藏在骨子裡，一旦堅持起來叫頭牛也拉不動。我猜想過她是那種依著演奏版本聽古典音樂的人，但是，依照吉兒說話的習慣，我想她會回我，沒有什麼古典不古典，音樂就是音樂。倘若我問她喜歡什麼音樂？什麼事物是她最喜歡的？她大概也答不出來。我常常跟她一起吃飯，台南小吃百百款，哪個台南人不喜歡說東說西，偏偏我就是沒聽過吉兒說她喜歡吃什麼。

我和她不同。我是一個什麼都答得出來最喜歡的人。搖滾樂不是最好聽，但我就是最喜歡。搖滾樂有難聽到要死的，但我還是最喜歡。我喜歡對很多東西拉里拉雜有興趣的自己，我喜歡隨節拍搖擺來勁的自己，我不在乎壞脾氣、爛情緒，我只在乎不要困住我，只要把情緒清空什麼都好商量。楊乃文在台灣唱第一支單曲的時候，我好樂，星星堆滿天，和我差不多的年輕女生，穿得那麼隨性，那麼帥，又那麼嫵媚。沒有我的日子，你好不好，我好無聊。她唱的是愛，可搖滾樂之於我似乎也是如此：沒了這個東西，我好無聊。

這樣的我，剛來這個公務機關上班，實在只有一個悶字可言。那時候，我老掛耳機坐辦公室，吉兒問我聽些什麼？Blur、Oasis、Radiohead……我才不管這些答案別人聽懂不懂，這是我的抒情、我的怪胎，從台北到台南、從日夜顛倒的無秩序青年變成朝九晚五的上班族的安慰。別人介紹我這份工作的時候，說是藝術單位，我像隻笨鴨似地跑來了，才明白事情並非如此，回頭想想，若非碰到吉兒，搞不好我根本待不下來。

吉兒的工作職稱是採購專員，依職場分工來講，她是理該刁難我的第一關。事實上，她也可能眞的刁難過我，每天批我們公文的羅祕書，有一次就評點道：嘉嘉呀，要不是吉兒一直找妳麻煩，哪天妳被說貪汙，怎麼死的都不知道。

工作前半年，我幾乎每天掛在吉兒桌前，問她，煩她，磨她，吉兒是少數能對我的火氣微笑以對的人，就算我跟跳蚤一樣討厭，她還是能夠不疾不徐跟我解釋各種規定、各項名目、各類審核程序，然後好聲好氣請我重寫。

吉兒有時會消遣我是文青，帶著點寵溺的味道，我也把她當成一個長我幾歲的姊姊，工作上比我多些歷練是理所當然，不過，漸漸我感覺到她不僅是在工作上有方法，對人對事也有些觀察與判斷，而後者經常與我氣味相投。想起來，應該是因著這氣味相投，吉兒才能馴貓似地把我這文青教成能寫公文，能招標採購，能把藝術轉成金錢與勞務，還懂得改詞拐彎，不至於在這公務機關撞得滿頭包。

大學上課被老師壓著讀卡夫卡《城堡》，我完全覺得是寓言，荒誕不合邏輯，一篇期末報告寫得甚爲頭痛，殊不知來了藝術中心，才知非但不是寓言，還寫實得不得了。我初來乍到，處處衝撞，又愛追根究柢問爲什麼，簡直就是誤入城堡的土地測量員，淨看人人詭異神色。我一肚子問號，個性稜稜角角一時也收不攏，急起來，懶得拐彎抹角，難免與人吵架，怪的是這裡連吵架也不爽快，那麼多人明明看起來還沒有全壞，卻爲了怕惹長官生氣、爲了少說少做早下班、爲了不負任何責任，把自己搞得像木乃伊怎麼踢也踢不動、吹毛求疵、死不放行。那種時刻，我實在氣炸，眞想讓耳機裡的搖滾樂轟他們個花容失色、摀耳尖叫，多麼骯髒、刺耳的搖滾樂，討厭我吧，把髒話罵出來吧，把東西摔爛吧。

搖滾是憤怒的產物。吉兒說。

可是妳在辦公室又不生氣？

我生氣了呀。

有嗎？我放聲大笑：一點都看不出來。

回想起來，吉兒是那機構裡唯一能使我開心大笑的人。我跟吉兒什麼都聊，包括海報男。搖滾樂無法改變世界，但它改變了我與海報男，整個夏天，我們泡在西門町的淘兒，海報男把我變成一個英倫搖滾控，有時張狂，有時心碎，有時還神祕兮兮，任有再多的情緒長毛了，只要隨著那些自戀、病態、破音的喊唱，一搖一擺清空了便感到很甜，很爽，甚至能振奮起來。

我很快樂，快樂到理所當然以爲事情就該這樣運轉下去，閉著眼睛我們也能拉著手往前走，可是，海報男和我不一樣，他總是太清楚了，每個團，每個樂手，他如數家珍，比我清楚太多，當我愈暈頭愈說我愛你，我愈感覺到他的清醒系統在拉警報。

爲什麼呢？爲什麼有一種人聽見我愛你就會拔腿落跑？我問吉兒：他們怕什麼呢？

怕愛會用完，沒有了。

鬼扯，愛只會愈用愈多，怎麼會沒有？

吉兒忽然大笑：憑這句話，祝妳幸福。

妳這是挖苦我嗎？

不，我是眞心的。

一點都聽不出來。

唯有眞愛才可能愈用愈多。

眞愛？聽起來好噁。

妳要我講出來的。

妳聽過一種說法嗎？古典音樂裡才有眞愛，搖滾樂裡沒有。

妳聽過另一種說法嗎？Kurt Cobain：我就是愛得太多以至於使我感到他媽的憂傷。

然後呢？他自殺了？

對。

吉兒原來並不叫吉兒。剛跟她當同事的時候，我叫她陳思思，直到我在全美戲院碰到她。

說到全美，自從李安紅了之後它就谷底翻身，我不知道老闆怎麼想，不過，光看門口收票的歐巴桑都變得神采奕奕，就知道這是間回春的二手戲院，甚至使命感上身，首映跳過台南的冷電影，全美會在二輪把它撈起，那種時候，往往就是台南文青現身的時候，不過呢，台南在地特色就是文青總能與大叔大嬸打成一片，舉凡有點口碑的電影，全美、今日這種動輒一兩百個位子的老戲院，老少相加能坐滿大半，兩場同映，四小時抗戰，混雜著肉包、茶葉蛋、碗粿、煙燻滷味等各式小吃，挑戰你的心靈，也挑戰你的嗅覺。

我在上廁所的隊伍裡，發現了陳思思。

兩片都看完了？我問她。

她搖搖頭：沒辦法，腦袋塞不下。

我好訝異碰到有人和我一樣，一次只能看一片，便邀她去附近老騎士吃咖哩飯配豆乾（台南某些食物組合總讓我這種北部小孩覺得味覺探險還遙遙未到盡頭），時間有點晚，豆乾與紅茶都姿色不佳，東西實在不能說好吃，不過，我們也沒多專心於味覺，淨在討論剛才的電影，陳思思的口吻讓我套出原來她是吉兒，以前那個寫影評的吉兒，這樣說並非她多麼知名，她寫過的篇數大概沒多過十根指頭，偏偏我卻記得，物以類聚，我認識吉兒大約有點命中注定。

有一次，我問她爲什麼後來都不寫影評了？

因爲我不看電影了。她冷冷地說。

鬼扯。我一句話就頂回去：上次我們不就在全美碰到？

她不說話。

我是問眞的。我不死心：這種事哪能說不就不的？

說不就不了。吉兒幽幽幾句：如果可以，我想把二千年以前的事情一筆勾銷。

一筆勾銷，這種詞，聽起來好幼稚，還有幾分賭氣的味道，如同張國榮媚死人講：不如我們重新開始。這是空話吧。

我不知道爲什麼吉兒這批五年級的人，都這麼把千禧年當一回事？九一一炸過之後，他們的青春更像是全完了。千禧年，我二十七歲，搖滾樂裡有該死的27 Clubs，但我從來沒想過要死，我甚至想要重新開始。

我重新開始了兩次。

第一次是海報男，我們一起重看《Before Sunrise》。我以爲我的人生會從海報男重新開始。

這電影最初我是和初戀男友一起看的，那時正沉迷電影大師的我們，沒有給這部碎碎念小品打多高的分數，那些浪漫顯得太浪漫，以至於我們要故作老成地輕蔑它，即便有哪些對白說中了心事，也要暗暗告誡自己沒必要這麼幼稚。可是，爲什麼，當我坐在海報男身邊，再次聽著 Jesse & Celine 漫無止境碎碎念，每一句話卻都叫我心驚膽戰，好像有誰來把密碼全給解開，那些戀人絮語，若有似無的試探，進一步退兩步的猶豫，以及專屬我們世代的尖酸刻薄，插科打諢……

我聽懂了，忽然之間全都聽懂，摀著胸口，一秒鐘也不捨得略過。海報男呢？他不懂嗎？明明就坐在我身邊，他爲什麼會在那樣的電影之後，跟 Jesse 一樣消失了？

我沒有答案。我不是爽約的那個人，而是一直等待的人。

冬天來了，日子還要過下去，來台南是我第二個重新開始。

我很高興遇見陳思思，不，吉兒，我很高興有她這個世代走在前面，讓我從青春期就知道還有反叛與追夢之路可走。我們聊搖滾的時候，吉兒背出那個經典句：我見證這一代最傑出的心靈毀於瘋狂，流暢得彷彿她走過那個時代。可是，現實上，她看起來既不瘋狂，也不暴戾，許多時候，她連穿著打扮都和別人一模一樣，混在日常生活風景之中，你根本不會注意到她。

就是這一點讓我起疑。她是陳思思還是吉兒？有時，我會小人之心度君子之腹，沒法把陳思思與吉兒準確對焦起來，我不相信，那個我在影評裡讀到的吉兒，能在一堆狗屎垃圾生命裡看出痛苦來的人，可以毫無摩擦地在現實裡當名採購員運轉人生？如果她眞的可以，那我更有理由好奇她是怎麼做到的？

她叫我文青，但我並不喜歡這個詞；一個詞氾濫到既可吹噓、又可罵人的時候，多半已經離原來的故事很遠了。我所曾經置身其中故事的源頭是，我們的確在文學、音樂、電影，各種媒材的藝術形式裡，追尋自己心有戚戚、有爲者亦若是的前行者，但也不可諱言，那些心靈所遭遇的人生，並非總是平坦明亮，而是滿布著殘缺與不圓滿。我們並沒有愚蠢到以爲那是浪漫，要說我們一心嚮往流轉離散、特立獨行、充滿喊叫或悲哀的人生，那是言過其實，甚至裝腔作勢了。就算我眞是文青吧，可我並沒有想要那麼多的悲傷，也沒有要搞得天翻地覆，說得咬文嚼字些，我暗暗期待吉兒對我顯示一種可能：不一定要受苦或搞得天翻地覆，也可能過一個有感覺的人生。

一筆勾銷。吉兒說的一筆勾銷居然是眞的。

她提了辭呈。慰留無效，因爲她說她要結婚，這種理由就跟健康因素一樣，讓人沒法慰留。

別說薪水，就連年資，她留給我的謎，一筆勾銷。

我很詫異，也有那麼一點氣悶，吉兒固然明理，什麼都能聊，但是，關於自己她老是輕描淡寫，我根本不知道憑什麼她可以背出 Allen Ginsberg，那麼多夜晚，淨是我在胡謅愛情故事，而她從來沒有提過，哪兒生出一個人說要結婚？

沒有了吉兒，辦公室裡一點鳥事就容易讓我生氣，人手雖然增多，但還是人人都說自己很忙，人人都把工作當皮球踢來踢去，部門老在協調，上班老在開會，會開完準時下班，只要哪個蠢蛋沒學會推事情，掉在頭上的工作就只會愈來愈多而不是愈來愈少。

我恢復永無下班時間的一代，大杯咖啡與耳機是我的好朋友，愈覺煩躁就把音量調得愈大聲，愈覺疲乏就找出愈經典的那幾首，它們很舊，然而，在某些時代裡，它們都曾經是最新的。

某個晚上，大學以來一起聽濁水溪、骨肉皮、廢五金以至於蘇打綠的死黨們，殺到藝術中心附近，說要車我去墾丁春吶。

我說，不了，明天還要上班。

聽起來好鳥，更鳥的是還被敲了一頓，一夥人去安平嗑掉好幾盤沙蝦、蚵仔、小卷、一大鍋白鯧米粉，高蛋白質把我們塞得好 high，續攤去附近林默娘公園吹海風，一堆廢材若非碩士班怎麼念也念不完，就是成天掛網，四處打零工，薪水不多八卦倒是很多，七嘴八舌，媽祖應該覺得我們很吵。

累下來的時候，我想試試新話題：喂，有人聽 Elliott Smith 嗎？

幫《心靈捕手》做配樂那個？

他是個迷幻鬼吧。

絕對是。還酗酒。

搖滾樂手都這樣。

鬼扯，誰說搖滾樂手都這樣了？

反正就是非把嗑藥跟搖滾連結起來才甘心。

說到這個，去年我跟我男人去阿姆斯特丹，想說來都來了，試試大麻吧，沒想男人跟我翻臉。

翻什麼臉？

他說：我不是那種人。

哪種人？

你搞白癡啊，問什麼問。

結果呢？

分手了，否則還能怎樣。

好吧，我不是那種人。*I know you'd rather see me gone than to see me the way...*

Elliott Smith，他的歌只有他能唱吧？

你唱起來好像殭屍念歌。人家鼻音超神的。

是啊，但妳知道他的鼻樑被打斷過很多次嗎？

隔沒多久，我聽到 Elliott Smith 掛掉的消息。發生在秋天的事，我知道的時候已經是聖誕節了。街上千篇一律叮叮噹、叮叮噹、鈴聲多響亮，無事可做的十一月，等呀等就等聖誕節帶來商機。過了聖誕，馬上又換成敲鑼打鼓，恭喜恭喜恭喜你呀，無縫接軌，過年了。

那幾天，一如往年，天氣溫暖起來，忽然就有了點躁。我主動打電話和吉兒拜年，兩人兜呀兜，我說：欸，那個，妳車上的愛碟，Elliott Smith，掛了，妳知道吧？

欸。吉兒只是學我的音調，沒接話，沉默著。

妳在做什麼？我又問。

等吃年夜飯。

不用幫忙的？

忙過了。

愈來愈覺過年沒意思。

大家都這麼說。

欸，妳看他是自殺的嗎？

唉，說這沒意思。

爲什麼他們要這樣浪費自己？

總是有些，有些什麼超過了他所能忍受的。

他聲音裡好滿好滿，雖然唱得很簡單。

他唱得太眞，就連他的吉他也是。

是的，太眞心了，有時聽得我雞皮疙瘩都冒出來……

我和吉兒那天聊得特別久，交換好多 Elliott Smith 的事情，還把各自喜歡的曲子都講了一遍，語熱處，忍不住頻頻打斷對方……

終了，吉兒說：妳看，都是這樣，一個人掛了，人們才開始談論他。

世上明明沒有了 Elliott Smith，他的網頁還是繼續有人更新，我繼續工作，從菜鳥變成老鳥，羅祕書公文簽一簽有時會抬起頭來要我去把公務員資格考一考。公務機關有很多專用語，在外頭一點用處都沒有，對內卻至關輕重，比如長官，比如職等。以這套邏輯言，我是約聘人員，無職等可言，羅祕書的位置是六職等，他是我的長官。

這位長官後來調到別的單位去了，用我們的行話來說，叫升官，要歡送的。

歡送會那個晚上，我去了，我漸漸沒有那麼討厭他，漸漸明白他的亦正亦邪、尖嘴滑舌，是人在江湖磨出來的不得不，如果撇開這些，這人其實像個大男孩，察言觀色、八面玲瓏，只是希望人家再喜歡他多一些。

人散了之後，剩幾杯酒，羅祕書主動朝我坐過來：嘉嘉呀。他老這麼叫我。

公務單位就需要妳這種可造之材。羅祕書用他慣常加了香精與蜜糖提味的口吻說：以妳的專業，在我們文化機構是前途無量呀，去考個試嘛，學著點，哪天妳當長官了，我還能跟人家誇口說我跟妳共事過。

羅祕書，你不要消遣我。公務機關，深宅大院，我不行的。

什麼不行，你們就是不知道努力。公務機關說簡單也很簡單，幾個原則把握住就行。我當公務員這麼久，愈來愈覺得一句話走遍天下。羅祕書用老鼠般故作神祕兮兮的口吻說：怎麼樣？嘉嘉，要不要我傳授給妳？

喲，好神祕。我跟他一起鬧：要說快說啦。

羅祕書壓低音調：妳記住囉，六個字，不，要，擋，人，財，路。

啊？這話讓我聽玄了。財路？我想都沒想過舞弊貪汙這一類事，就算不講道德，這種事要膽子也要伎倆，之於我是外星球活動吧。

羅祕書看我愣得像個傻子，呵呵笑：反正妳記著就是，久了就懂了。

日後，久了，我確實悟出點道理。羅祕書果然是老鳥。可惜，這是座什麼森林。

說說另一位人物好了，雖然我很不想回顧。

那是陳君。從大學到研究所的同學，就算稱不上死黨，也是諍友。

陳君聰明伶俐，有時還正義凜然，讀書小組裡我們被戲稱爲兩位俠女。吉兒走後沒多久，藝術中心增聘一批新人，其中包括了陳君。我很開心，甚至期待，悶得慌呢，有同路人來相伴，豈不妙哉。

陳君聰明伶俐，果然很快上手，不過，上手程度超過我的估計。我有點認不出陳君了。公務機關約聘人員本意在活絡制度、補足專業，但是，我所見到的事實卻經常是約聘人員很快學會了公務機關的話術與行事，與這看不見輪廓的城堡一起浮沉下去。陳君想必也讀卡夫卡的，怎麼她就沒發現自己成了面貌詭異的村人？或是她心甘情願如此，這是她精算過的選擇？

過去學院裡的陳君，向以腦袋清楚，批判犀利叫人印象深刻，當我們議論事情，一旦打馬虎眼，很難不被她扳倒，這使得她的左派信念不僅僅只是一種玫瑰色的光暈，而是帶著防守與鬥爭的動能。我靜靜看著這樣的陳君，把她那聞到剝削總是靈敏的鼻子，對權益計較分明的腦袋，轉向應用於分工、年資、加班、公假種種算計。我們的左色青春，一場熱情操練，結果是讓我們變成精明苛刻的成年人嗎？

我不以爲然，但我得學著裝聾作啞，這不是我的事，不是我能改變，不要擋人財路。

羅祕書呀羅祕書，我懂了。可是，我不想要這個懂。

我與陳君漸趨僞裝的友誼，終於在一次關於公假與考績的爭吵中，徹底坍塌。

這種機構，妳爲它賣什麼命？陳君說。

這麼不認同幹麼非待這裡不可？再說，這機構就是我們構成的。

少講這種清高話。對，我是要薪水，那又怎樣，妳不用過日子嗎？

我當然要過日子。我心裡想：所以，請妳也好好過，陳君。

不要把自己變成死人。這句話忽然從我心裡冒出來，好哀傷。到底以前的陳君是陳君？還是現在的陳君才是陳君？爲什麼朋友們都漸漸地死掉了？

妳自己要怎麼做是妳的事。見我沒反應，陳君以爲我詞窮，清清嗓子，結論似地說：我呢，我有我應對的方法，妳要找我麻煩的話，就請指出我哪裡做錯，有嗎？

有嗎？陳君又重複問了一次。這種毫無內容的挑釁，惹惱我，這完全不是陳君。我一氣，話就從口中炸出來：妳以前不是最痛恨制度，爲什麼現在這麼會利用制度？

陳君變了臉色，我大概踩到她的痛點。陳君哪是輕易示弱的人，換個口氣，輕輕幾句話就飛刀劃過了我：嘉嘉，妳就是姿態多。對，別人都沒理想了，只有妳有。

我說我不想回顧，正是因爲我被戳到了。

雖說我向來我行所素，不在乎別人眼光，不過，來自志同道合、物以類聚的朋友的傷害，那力道還眞不小。

我好難過，甚至軟弱到放假回了一趟台北。台北依然熟悉，光線，氣味，噪音，早就浸透到骨子裡，然而，想起來也不見得統統都是愉快。

西門町正在上映最新的《Before Sunset》，我猶豫了一會兒，買包爆米花，決定一個人進去看。

九年過去，Jesse & Celine 在巴黎重逢，我呢，進了和海報男一起看《Before Sunrise》的電影院，但我們的故事還是不會有續集，就連淘兒音樂城也消失了，可惡，*No Music No Life*，不是說好的嗎？

畫面上的 Celine 看起來頭髮有點亂，氣色有點差，說直接點就是她老了，她先是裝腔作勢，歇斯底里，說低級的話，最後自己嘲笑自己：啊，這九年使我們成了大變態嗎？

碎碎念到最後，她哭了，得到一個若無其事的安慰，得到 Jesse 對她說：「我好高興妳沒有忘了我。」我呢？冷掉的爆米花，好難吃，我就算哭到慘，也不可能有丁點運氣在淘兒再見海報男，不可能浪漫到塞納河畔的莎士比亞書店去巧遇海報男，不可能，不可能的，屬於我的現實故事是海報男根本遠去新大陸念他的生殖醫學，我們最可能再見的地方不會是在試聽室而是不孕症門診。

世上明明沒有了 Elliott Smith，可是，他的專輯還是繼續發行。有一年，吉兒給我寄來幾張ＣＤ，祝我生日快樂，寄件地址顯示，她搬去了台北。

爲什麼？她沒說明，倒是順便補充報告，她剛生完女兒，每天睡眠不足。

我大吃一驚，她的故事總是轉彎得這麼突然。我大可打電話或敲MSN跟她說恭喜，約個時間去看孩子，要不就罵她爲什麼又沒事先告訴我。可不多久，我打消了念頭。爲什麼？認識吉兒愈久，愈覺得問爲什麼沒意思，我不問她可能反倒覺得我長大了點吧。

說不上是爲吉兒開心，還是爲我看不見的吉兒起了點惆悵。我是不想要天翻地覆的人生，我是期待吉兒走在我前面演出一個好故事，好讓我期待未來有個好人生在等著我，可是，吉兒這齣戲愈來愈讓我不懂，它看起來愈來愈和不花大腦的公式劇情一模一樣，這樣眞的好嗎？吉兒有點讓我搞糊塗了，我把她寄來的 Elliott Smith 放進音響，心裡暗暗念著：吉兒呀吉兒，現在誰還買實體CD呀，妳果眞是前代人了。

This is not my life,
It's just a fond farewell to a friend...
It's not what I'm like

It's just a fond farewell to a friend

吉兒真正喜歡 Elliott Smith 嗎？搞不好那天晚上只是隨機播放而已。Elliott Smith 的詞也好，曲也好，總顯得那麼悲傷，無望，早個三、四年，我會覺得這些音樂太多自艾自憐，可是，現在，在他死後（對，就是這麼殘忍，在他死後），我在那些悲傷裡，聽出了點什麼，靜靜的，反覆也就聽了下去。

受虐、憂鬱、毒癮以及自殺的暗影，如煙似霧，跑到哪裡都逃不開，生命總如碎片，搖搖晃晃著這個靦腆、害羞的大男孩。對比其他搖滾樂手流露出來的輕蔑、憤怒、吶喊，Elliott Smith 露出的只是悲慘的微笑，彷彿你怎麼痛毆他，他也能投給你淺淺的笑，若非笑得讓你發毛，就是笑容裡送出了一絲理解，讓你感到被撫慰，最痛的人所給的安慰往往都是最溫柔的。

這些歌是灰暗的，但是，它們或許能使你們快樂。二〇〇三年的演唱會，Elliot Smith 說了這樣的話。二〇〇三年，對，他生命的最後時光。

你看過一個歌手從頭到尾坐著，連站都沒站起來的演唱會嗎？這場演唱會就是如此。他的演唱會都不怎麼樣，但沒有一場比這更糟了。含糊，忘詞，走音，亂髮，駝背，話說得七零八落，講不下去就神經質地調一調吉他，抓抓頭，把歌名說出來，然後唱，如斯反覆。你可以說他隨便，但我更覺他不在乎，這不在乎令我好難過。

那場演唱會，人們所看到的，不是他的才華，而是他的病，證實了那些毒癮的傳聞。

他在奧斯卡頒獎典禮唱〈Miss Misery〉那一夜，或許是他最受世間注目的時刻，然而，那一夜的他，模樣看起來也挺悲慘，身上的白西裝以現在眼光來看絕對大了一號，頭髮怎麼梳都亂，還上了薄薄的眼影，一個人，抱著吉他，在偌大舞台上，如同一具鎖錯螺絲的大玩偶，表情僵硬，唱完整首歌，謝幕，下台。

這是他人生的轉折點嗎？外在的閃光燈根本不可能照進內心之路，坡道依然下滑，刺眼光暈反倒使人更看不清暗處，成名使事態更加不知所措，難以收拾，最困難的時刻，我懷疑他是否也像 Kurt Cobain 留下的字句：已經不能從聽音樂、做音樂，甚至不能從看書寫字感到激奮，就連演出時歌迷給他們的掌聲或咆哮，也不能使他感覺到什麼了。

這是眞正的致命吧？比毒品，比酒精，更致命。

翻過二〇〇五年，新世紀彷彿就安靜了下來，什麼事都沒有發生，一切都會繼續下去，新世紀以來的觀望，至此看來，像是打了一個盹，自以爲聰明，以爲世界與人生將有所改變，結果，並沒有。

重新開始吧，我自己說過的，不是嗎？世界不斷向前走，管他 LOST 還是 BEAT，過去世代一層一層被風吹逝，彷彿樹上最後幾片落葉，就要全掉光了。新的一百年，不管地球溫度是不是愈來愈高，我們的小島會不會被海水淹沒，人類能不能看到下一個千禧年，眼前日子都要過下去。

再按一次：Restart。

我辭職了，羅祕書說的不知努力，每天騎腳踏車在台南晃來晃去。工作上，我又當了一次炮灰，我知道，我也在乎，但是，我還是選擇離開，我怕繼續下去，我會失去更多。南方四處流行老屋新生，荒廢已久的糖廠、廢墟，大夢初醒急著轉型藝術園區，政治新生代也開始懂得城市行銷，投資電影、音樂做廣告，我隱隱約約覺得有些新路正在展開，不計酬勞統統去湊一腳。

文青交流的結果，我沒來得及回台北，就談了新的戀愛，而且，那種一次中獎的戲碼居然會發生在我身上，熱戀兩個月就措手不及懷了孕，簡直古早劇到不可置信。我與棒球男各自找了幾個死黨陪我們去登記結婚，大家打扮穿著，嘻哈純情如同樂會，放眼四望，同代人若非因爲有了孩子幾乎沒人要辦結婚，戀情已經無法使我們人生降落，唯有新生命到來，一腳把我們踢回原點，也踢回我們費了一番力氣才脫身的社會架構。

新生命是隻小羊，爲了呵護她，我們低下頭來，乖乖走回生命的柵欄，結婚，貸款，搬新家。我和吉兒恢復了聯絡，從她來醫院探望我，兩人恨死般交換疼痛指數破表的生產歷程，再到台南相見，人生已是面目丕變，站在棒球男從無到有、親手布置出來的三房兩廳，一個娃兒正在搖搖擺擺學走路，一個娃兒連翻身都還不會，我們從文青、搖滾、迷幻少女，變成了餵母乳的媽。

奶嘴、奶瓶哪個牌子好？嬰兒油、雪花膏怎麼用？碰到脹氣、疹子又該怎麼辦？新一代媽咪，吃喝拉撒睡，不拘大小事全都上網問問。睡覺有防踢被背心，喝水有訓練杯，吃飯有打不翻的餐盤，如廁有造型各異的小馬桶。吉兒給貝貝帶來一隻法國蘇菲長頸鹿，說是百分百天然樹液製造，貝貝好喜歡地咬來咬去，舔來舔去，聽見蘇菲肚子發出吱吱的響聲，便天使般咯咯笑起來。

餵食時間到，我們把孩子塞進號稱可用一輩子的兒童餐椅，一邊告誡自己絕不重複前代媽媽追著孩子餵飯的荒謬劇，一邊好神經質地拿著小剪刀把食物剪碎碎，嘴裡說出來的都成了童言童語：乖，要不要喝水水？吃菜菜？

我們堅持自己帶小孩，不想讓上一代插手，也不想請保母，事事想要回到原點，結果手忙腳亂，筋疲力竭，還落得被婆婆媽媽消遣：兩個大人養一個嬰仔累成這樣？以前我們可是每家都養好幾個呀。創造台灣經濟奇蹟的企業家不時跳出來斥責我們不上進，就連珍惜我們丁點才華的長輩，也搖搖頭：小孩固然重要，但也不能生了小孩就全都辭職回家養小孩，這樣誰來做事？

工作老半天，換來薪水卻全交給保母。我說：這有什麼意思呢？

工作也不全爲薪水而已。長輩說得語重心長：社會總得有人做事，做人也總要有點志向，爲什麼不有志氣去做一番比保母養孩子更大的事業呢？

這自然是大志向與小日子的爭論了。反正做不喜歡的事也領那麼少錢，還不如做自己喜歡的事，這類意見在我的交友圈裡從不缺乏，我們這一代太多聰明，看破理想的不切實際，又不甘心重複勞動，一代人銀河漂流似地各自尋找新的灘頭，幾年過去，有人在海外闖出成績，有人在地開發新領域，所謂文創、旅遊、食農，我家從早餐到晚餐，總不乏友情贊助自家烘焙咖啡豆、手工果醬、有機米配送，我們是把活力的箭頭從外部結構轉向日常生活、個人感覺；若說吉兒以前的世代怯於談感覺，我們這一代倒是殷勤於感覺裡打轉了。

憑著感覺，我們升級了服務業，做了文創，無上限點開虛擬世界。強調感覺，文青成爲一種流行；窮得只剩下感覺，小清新、小確幸變成嘲笑人的髒字。我隨著浪潮翻滾，本來樂見集合者眾，後來眞成流行又覺得其中似有誤會，但我已經沒有多少餘裕思考，貝貝果然爲我生活塞進愈來愈多的現實，倘若不是還有點經濟基礎，根本不可能談什麼感覺。

棒球男碩士畢業之後，給大學教授當過助理，給私人基金會辦過活動，最後，他的心得是何必爲人作嫁，決心離開買空賣空的文化產業。好長一陣子，白日漫漫，我不知道他去了哪裡，台南、高雄？嘉義或是台東？我不知道他在尋找什麼，打算什麼，我們這一代，揚棄制度、與制度脫鉤運轉者大有人在。至於我自己，相反地，找了間博士班重當學生，把買空賣空的文化放到制度裡去求保障，和棒球男日班夜班分工帶小孩，在所謂啃老族的緊箍咒裡過日子。

貝貝的出生，合理化了我們的停頓，我們且讓這個停頓往後延長，直到四歲才讓貝貝去上了幼稚園。

有了小艾與貝貝，吉兒回台南開始會騰出時間到我家坐坐，我們難得又有機會可以一起說說話，聽聽音樂。那幾年，我們不太聽 Elliott Smith，太悲傷了，作爲一個媽，我們沒法悲傷，而是現實地需要更多體力與樂觀。那段時期，我常聽 Amy Winehouse，一個沙啞復古的嗓音，一些爽快又心碎的歌詞，她的桀驁不馴簡直酷斃，多數樂評說她才華洋溢，但我一點都不喜歡這個詞。

妳不覺得才華洋溢，聽起來就跟才女一樣叫人厭煩嗎？

吉兒笑了：妳就算當媽了還是一樣很偏激呀。

吉兒說我這兒是她的文青充電站，什麼好聽、好看、好吃、好玩，到我這邊總有情報。婚後的她似乎孤立，就連與我都斷了消息，進入育兒袋鼠生活，更不容易參與什麼。有些女性或能將養兒育女視爲今生最大成就，我不知吉兒是不是這種型，但我本來以爲自己不可能是。對，本來。現在呢？我漸漸搖晃了。當我每天總苦惱於如何兼顧牙牙學語的育兒生活與玄空怪澀的學術論辯，我恨不得一天有四十八小時，要不就讓我徹底忘掉世上還有玄空怪澀的這一面，讓我把心力放在柴米油鹽醬醋茶，不要再爲其他多餘事物焦慮，把自己貢獻給烹飪、打掃，窗几明淨，孩子開心，抱著她的笑容與香味一起睡著，又有什麼不好呢？

這些念頭出現得愈頻繁，我就愈感不安，深怕城牆倒了一座就會再倒第二座，然後攻城略地，等著淪陷。婚姻之中，我甚至害怕棒球男看出我的喪志，吉兒來的時候，我也很樂意重作文青，那之於我何嘗不是短暫的靈光。我想吉兒看得出來，生活把我愈拉愈沉，洗衣，洗碗，拖地，如海綿點點滴滴吸飽了日常的濕度，我好希望有誰來擰乾我身上的濕氣，像中醫講的祛濕解毒，雖然掛在牆上那些用 Lomo 相機拍出來的家居生活照眞的很美，但是，那些美是片刻，要以其他許許多多不美的時刻來予以交換；生活如搖籃，歡迎你疲累的時候懶骨頭沉進去，一點指責都不會有，還可能得到寬慰的眼神，彷彿這是浪子回頭。

然而，什麼浪子呢，我不認爲我之前做錯什麼，我也還想繼續往前走。妳呢？我問吉兒：妳會擔憂嗎？擔憂自己變成妳不想要的樣子？妳會想要放手不管嗎？

這是奢侈的煩惱，我既諸事太平生活著，又對生活抱持警戒態度。我和吉兒依然在很多話題上志同道合，她也依然寵溺我，只要我眞心說出自己，不管那是怎樣的我，吉兒都能理解。我說，Amy Winehouse 讓我快樂，儘管人家說這女孩嘴裡塞滿髒話，穿著品味難以恭維，但又怎麼樣呢，只要她唱歌就請大家閉嘴。

我一點都不在乎，我好想這麼說。

可是，事實上，眼前婚姻、小孩、職業、生活，我得在乎，就算煩躁生氣，狠話亂爆，可是，爆過之後，我還是在乎。這怎麼辦呢？是我沒摸清楚自己的根性，原來是個生活嗎啡打下去也是茫酥酥的人嗎？談什麼文青，談什麼搖滾？或者，我不夠好，棒球男不夠好？我們跟所有伴侶一樣因爲彼此適不適合而吵鬧，灰心絕望至極，然後，同樣不了了之，小恩小愛來了又高高興興過日子。

幸福總是會吃掉妳一些什麼。吉兒說：但要確定妳是幸福的。

幸福是什麼？

不要故意問這種假問題。是不是幸福，它來了妳明明知道的。

我沒回應。任何違心之論總會被吉兒看穿。我得想想，幸福？或許我曾經知道，現在可能也知道點什麼，但我不知道幸福是隻動物，原來牠得吃點東西才能活。

那麼，妳幸福嗎？我回敬吉兒。

她沒回答。我死盯著她，要從她的嘴巴裡擠出點什麼，只能憑靠眞心。

我不確定。她回了。

那麼，妳剛才給我的建議有什麼意思？

她想了很久，彷彿找不出可以長話短說的答案。最後，她選擇繞回話題的起點：所以，我沒有抱怨被吃掉什麼。我想這一整個是人生。

人生是一個爛詞，就像旅行前不想收拾，拖到最後，囫圇吞棗把所有東西硬塞進行李箱。然而，吉兒畢竟長我那麼幾歲，我不想反駁她，我甚至想信任她，關於人生是什麼，關於作爲一個媽，我想她應該會比我多幾分明白，我說過，我很願意有她走在我的前面。吉兒可以，我一定也可以。

沒想到，終有一天，我接到吉兒的電話。她很少打電話的。

她說要帶小艾搬回台南來住。

沒有前情提要。沒有爲什麼。她的口吻聽起來像是她已經考慮了半輩子。

我沒多問，我也不想聽令人厭煩的故事。這樣的結果，前端通常都有個不怎麼樣的故事，而我捨不得吉兒恰恰就嵌在那個爛故事裡。

此後，就展開了我們的共生家庭，三個大人兩個小孩交換著帶。小艾與貝貝一起上幼稚園，棒球男開始學習他的植栽事業，我一邊兼課一邊寫論文，吉兒去了朋友的二手書店工作。三個人加起來可能比不過市價一個人的產值，然而，畢竟無負於人，其中總有些無用之用，我們彼此了解。週末日，我們一起度過，分工買菜、做飯、打掃，管理小孩睡午覺，放風時間讓她們玩到渾身髒，然後一起脫光光送進浴室又叫又跳。

黃金海岸，除了戲水與婚紗的人潮，其實也有僻靜之處，我們常去的鯤鯓小漁村這一帶，走過野草荒徑，海天蕭瑟，幾乎讓人錯覺可以拍安哲羅普洛斯的電影。兩個孩子許多次在這兒玩沙，大人望著遠浪一波一波打過來，那種時刻我們需要或許只是獨處，等天暗下來，蚊子來了，兩個孩子會捧著滿手貝殼，小羊那般倦了挨過來說要回家。

那段時間，回憶起來似乎就是這樣的情感，有點廢但畢竟天涯相依，我覺得難得，可吉兒老露出愧疚的神色。她的離婚手續遲遲辦不成，我以前從未看過她哭，窩在我家沙發紅了眼眶倒有幾次，看來世間根本沒有好聚好散這回事。

有個晚上，我們帶孩子去公園散步，碰上直排輪班正在上課，好多孩子一圈一圈滑得輕盈飛快，小艾、貝貝看得好不羨慕。

接下來，妳有什麼打算？我問了。

對方不簽字，能有什麼打算？

沒有別的辦法？

沒有。

什麼沒有？所有辦法都是爭取來的。妳就只打算等？

這個公園，往昔是成片野生果園，因此，還留著幾株蓮霧、土芒果與龍眼，季節到了，孩子們往往在樹下撿著玩，角落的竹林也美，不過，常有人繪聲繪影說什麼時候曾有失意者在那兒結束了生命，搞得天黑了便沒人喜歡接近那裡。

說眞的，所謂命運受制於人這種說法，以前我怎麼樣都不可能信服的。吉兒說。

我沉默，想聽聽她到底想些什麼。

不過，法律上的隸屬就是隸屬，談不攏就是談不攏。想來我沒眞正嘗過不自由的滋味，現在懂了。

妳這話講得還眞老氣。

我故意把話說得不經心，可事實上心底起了不捨，這大概是我聽過吉兒說過最喪氣的話，一副無路可走的感覺。我知道離開婚姻後所嘗到的人情冷暖，超過她的預期，但我不知道她喪氣至此。

棒球男四十歲生日那天，有顆十噸重的隕石在俄羅斯上空爆炸。我們一邊吃生日蛋糕，一邊看著不可思議的災難畫面，取笑棒球男這是他人生即將進入中年的象徵。

你眞的要改行了？吉兒問他。

棒球男聳聳肩，這傢伙現在愈來愈專心於挖土、鏟樹，穿著打扮完全是個勞工，就連生活作息都回歸太陽月亮，倘若過幾年他說要搬到山上或是台東，我也不會多意外。

我送給他的生日禮物是亂彈阿翔與以莉高露的新專輯，他很滿意。他向來對我走歐美風沒興趣，還常提醒我別在文章裡夾太多英文，討人厭。他說：妳知道嗎？反搖滾的人，看到可口可樂與英文就封殺。

他還說，前幾天，在阿里山苗圃碰到陳君。

她還在藝術中心，沒升官也沒降職，賞鳥賞樹往山上跑，跟棒球男聊了些古道小徑的事。

我跟陳君後來還是有聯絡的，特別是我離職後，緊張關係不復存在，但交情僅止乎禮。陳君至今維持單身使我有點訝異，不過，反過來說，我忽然懷孕變成了個媽也可能在她腦中打下不少問號吧。

我不知道該怎麼評斷陳君，也猜不出來夜深人靜她想些什麼，雖然我們曾是各言爾志的朋友。我們這一代的文青變形記，似乎漸近尾聲，大家變成了各式各樣的動物，上班族當然有，撐到現在大多數成了主管，也有人投資創業，有人教書，還有人選市議員；這些年，臉書神通廣大，失散的國、高中同學一一出現，開了群組聊公婆、小孩、房地產，薪水二位數字者比比皆是，有的保持低調，有的吹捧較勁。

他們以前是那樣茫著一張臉，什麼意見也不多說的人呀。我發出感嘆。

每個人的選擇都不一樣。棒球男邊說邊吃蛋糕，剷土般好大一塊送進嘴巴：再說，也不是人人都做選擇，順水推舟，規矩努力，一樣走到今天，人家三十萬，妳三萬，人家在談房地產，妳還在那邊講左派。

關於左與右，進步與保守，在前世代，二十幾歲就差不多彼此看出來，可是，你們這一代的分歧，似乎要到了三十幾歲，才逐漸分流顯現出來。可以這樣說嗎？吉兒看看我，又看看棒球男。

棒球男點點頭：我們從青少年就聽慣了自由、民主一大堆漂亮口號，大家好像也都讀書讀得很有良知的樣子，可是，那是概念，甚至是流行，話講得容易，但到三十幾歲，遇到切身利益，就會把每個人真正的酸鹼度測出來了。

酸鹼度？我一下轉不過來。

妳忘了，以前化學課石蕊試紙，一放下去，看是變藍還是變紅，偏酸還是偏鹼。只要關係到錢與小孩，就是最靈敏的試紙。

這是人之常情吧。

是啊，人之常情，所以，我認爲左與右、進步與保守這種差異，永遠都在，只是顯露的時機不同而已。

你的意思是，我們現在到了重新整隊的時間？

應該已經整完了吧，小姐。棒球男消遣我：妳還沒排上隊嗎？

電視新聞繼續播報，這顆不知從哪兒飛來的隕石，以至少每小時五萬四千公里的速度進入地球大氣層，然後在地表上方三十到五十公里處爆裂，因而導致一場隕石雨。隕石雨這詞聽起來似乎很浪漫，可現實災情是爆裂能量把很多東西震碎，流彈四射，造成千人受傷，就連結冰湖面也被隕石砸出了一個大洞。

這些敘述不知爲何使我起了愁緒，我哀哀叫道：原來我這麼晚熟嗎？這石頭是來撞擊我這死文青的嗎？

對。壽星棒球男點點頭：我現在聽到文青就厭煩，不要再說文青了。

曾經比我還文青的棒球男，在四十歲的關口，做出來的決定是棄文從武，實幹的技術與手藝，現在成了他的價值。他說人生重來一次他不想再執著於文藝的幻景，也不想再浪費時間與人爭論價值。妳呢？棒球男問我：重來一次，妳還要走妳的文青之路嗎？

我想了幾秒鐘，很難回答，只好反戳：什麼人生重來一次，這種假設問題最無聊。

妳呢？棒球男轉頭望著吉兒。

吉兒看我，露出思索的神情。她有時太認眞，人家開玩笑，她還眞答。我忽然想要阻止吉兒：哎呀，妳別理他這神經病。

來不及了。她點頭。果然如我所料，很認眞。

梅雨下過，端午來，百毒疫癘之氣，熬呀熬到鳳凰花開，火紅七月，傳來 Amy Winehouse 死去的消息。

很意外，也不意外。我聽了一百次的 Rehab，她都說 *no, no, no*。人們彷彿圍著看馬戲，等著這個爆炸女孩，嗑藥，酗酒，恍神，自己把自己毀了。

27 Clubs，又一枚新成員報到。

I said no, no, no。她說她要回來的，不是嗎？

Amy Winehouse 之後，我改聽新團 Mumford & Sons，有一種時光倒流的感覺。

買衣服、喝咖啡、逛小物、聽音樂、看電影，許多創新在我看來其實都帶著復古、懷舊，這不太妙，迷你裙流行過時又倒回來，人生時間多到足以見證風水輪流轉回來，那差不多是老了吧。

就連老城都谷底翻身，轉來新的流行。台南愈來愈熱門，高鐵一日生活圈，觀光人潮激增，三不五時就有狐群狗黨路過要我當地陪。吉兒有時會說我比她更像台南人，東市買駿馬，西市買鞍韉，這裡吃吃，那裡逛逛，曬太陽，睡午覺，喔，現在小朋友已經不肯睡了，她們不再需要那麼多的睡眠，嶄新的細胞充滿了能量，活跳跳絕不肯安分無聊。大太陽週末天，我開了冷氣一邊整理客廳一邊聽 Mumford & Sons 的〈I Will Wait〉，覺得超振奮，沒想到兩個小孩叫得比曼陀林還大聲：

我們要聽故事！這是小艾。

我們要聽小朋友的歌！這是貝貝，她老跟著姊姊一起造反。兩個小鬼一起稱呼我們爲臭大人，她們已經不是隨便我們塞什麼音樂都無反抗之力的軟體生物，現在，我得把搖滾換成又有音樂又有故事的糖果姊姊：

親愛的小朋友好。糖果姊姊覺得每個人，不管是大人或是小孩子，都有機會碰到一些很特別很特別的人，我們一碰到這種人，就很可能一輩子都忘不了，他可能會一些很特別的魔術，或者他可能會一些很有趣的東西，他也有可能是個長得非常奇怪的人，或者他特別的親切、對我們特別特別好，總而言之，你一見到他就永遠忘不了他。小朋友，你有沒有碰過這樣的人哪？

糖果姊姊講的是小王子，一個喜歡看書又喜歡胡思亂想的六歲小孩，他畫了一隻蟒蛇正在消化一隻大象的圖，可是人人說他畫的是一頂帽子。小艾與貝貝正是這個年紀，世界正以各式各樣的知識在向她們招手。我與吉兒耳朵裡陪著聽這個我們二十年前也聽過的故事，手裡忙著剪剪貼貼，這個週末目標，是要把書櫃清出一點空間來，好容納隨著貝貝年齡愈大而愈發增多的玩具雜物。

整理對象是我的電影光碟，本來穩穩坐在書櫃最頂端，是我從大學電影社團以來的收藏，丟掉它們自然不可能，但經過幾個晚上的掙扎，我決定把占空間的外盒全部清掉。我跑了幾家文具店找到合意的整理盒，又花不少時間設定字體，列印，現在，陪我長大的導演們，被我一一剪開，混著透明膠帶，雜亂紛陳躺在餐桌上：柏格曼、高達、楚浮、侯麥、溫德斯、塔可夫斯基、奇士勞斯基、荷索、黑澤明、小津安二郎、溝口健二……

吉兒依著標示，幫我把整理盒背框一一貼好，然後再把光碟一片一片收進去。她邊做邊問：貝貝媽，妳可算過妳花多少錢在這上頭？

還好啦，以前盜版多，我跟海報男到處掃，後來我姊姊工作常跑大陸，每次我都託她到一家店幫我帶，想起來很好笑，那家店名就叫2046，擺明了是文青店。

還開著嗎？

哪知，搞不好早收了。現在誰還這樣買光碟。

短短數年，已成天寶遺事。這些影片外盒看起來也蠢，若非圖案誇張，就是風馬牛不相及。我像白頭宮女把這個那個抽起來，對著吉兒碎碎念：妳看這譯名很猛吧，還有，後面這個簡介超好笑，寫的人搞不好連內容都沒看，憑著一個片名就望文生義寫起來……

愈看愈捨不得丟，這些瞎搞胡搞無厘頭，再怎麼說就是我的時間沉積岩，一丟就沒，以後也不可能再生成，我忽然沒有辦法，心如刀割：斷，捨，離。

吉兒冷靜地把我手邊光碟收走，上架，確確實實清出兩個櫃位，然後，就杵著沒動，彷彿她又默不吭聲在瀏覽我的書架。我靜下來繼續收拾，直到隱隱約約聽見一點聲音，我問：妳說什麼？

我說，嗯，我是說。吉兒把聲音放大了些：我跟妳提過小艾的事嗎？

小艾什麼事？妳講的事可少了。

小艾要去台北。

爲什麼？

嗯。好像說出來要她的命似的，吉兒卡了很久，慢慢把字吐出來：就是被接回去。

我學她也卡了好一陣子，我想冷靜下來，吉兒畢竟不是我，我不能事事以我的作風去衡量。

可是，沒辦法，我還是動了氣：沒有，妳沒有跟我講。這麼重要的事，妳為什麼沒跟我講？

也是忽然間的。她抬起頭，帶著微笑，淡淡地說：現在不是講了嗎？

看著她的笑，不騙你，我眞想一拳揍下去。

我忍不住對兩個皮孩子發火：去去去，統統去給我洗手，準備吃飯。

妳要放棄嗎？趁著兩個小朋友在洗手間搗蛋，我有話直說：妳知道接下來會怎樣嗎？

她不吭聲。

妳是太聰明還是太仙女，連基本劇情妳都想不到？我告訴妳，妳從這一點就放棄，接下來更拉不回來。妳沒看過連續劇嗎？對，很糟，就是會那麼糟。

她還是不吭聲。

妳為什麼不 Fight？我好生氣：妳為什麼不 Fight？

小艾去了台北之後的第一個中秋節，月圓人圓，我看不下去，把消失已久的吉兒從家裡拉出來，和我們一起過節。

她總算講了自己的愛情故事，如果那叫愛情故事。都說被愛是幸福，但若不等值的愛，也可能是災難。如果用吉兒搪塞過的人生來說，她這傢伙看樣子一直在過 Say Yes 而沒有 Say No 的人生。當然啦，人生如果可以一直心滿意足 Say Yes，那是天大的幸福，但若我們像那個小王子，畫的明明是一隻吞了大象的蟒蛇，卻因爲別人不這麼看，而終於說：好吧，我畫的就是一頂帽子。如此這般，故事說下去就不會快樂了。

我認識吉兒的時候，或許她就是一個已經沒有大象也沒有蟒蛇，甚至根本不再畫圖的人，她轉身去做其他好多事，包括那個城堡裡的採購員，以及後來結婚、生子，所謂人生該做的事情她差不多都做好了，溫和禮貌剛剛好，不給人難堪，但我不知道她給了自己什麼。

吉兒的故事不是特例，棒球男說五年級到處是這種爛故事。二十一世紀以後，我沒看見幾個眞正快樂的人，若非給孩子房子壓垮，就是窮字如金箍咒緊緊套在頭上，陀螺轉來轉去的忙，內心知道哪裡走錯也不敢重新開始，只能合理化自己的作爲，或壓抑自己的感覺，直至麻痹無動於衷。

我不相信吉兒是一個沒有感覺的人，否則她不可能在我橫衝直撞的年紀，和我交了這一場朋友，我也不希望自己成爲一個沒有感覺的人，如果我還要跟她繼續朋友下去。吉兒說完她的愛情故事，結論是：搞了老半天，人還是得相信自己。

六歲的相信自己，十六歲的相信自己，二十六歲的相信自己，一路搖，一路晃，過不了，就成了 27 Clubs？我胡思亂想，我想告訴棒球男，問題可能不出在知識，也不是文藝騙人，是眞心，原來是眞心讓人活不下去。三十六歲的相信自己，四十六歲的相信自己，那是我們了，我們現在好嗎？棒球男在教貝貝玩仙女棒，這是她第一次玩煙火，剛開始嚇得碰都不敢碰，上手之後就開心又叫又跳，整個黑夜花朵般有了彩色，之於孩子的眼，那一定是非常非常神奇璀璨吧，三個大人陪著貝貝玩了好久，吉兒的臉藏不住哀愁，我們心底都很希望小艾也在這裡。

吉兒回去以後，我和棒球男似乎彼此加了幾分珍惜，把貝貝哄睡，雖然疲累但感到有一股甜蜜，兩個人癱在沙發裡看 Ben Affleck（就讓我叫他小班吧）

自導自演的《亞果出任務》。

棒球男不是那麼喜歡小班，他不相信人能有這樣多的才華，能寫能演，還有運氣，事事順利，皆有回報，就算眞有這樣的人，他也遲疑自己是否還需湊熱鬧去喜歡。他不斷想在《亞果》裡頭找破綻，我打斷他，想起舊事：你知道他早期演過一部片子叫《心靈捕手》？

他說那是他高中記得的少數片子之一，不過，哪裡有小班？

棒球男啓動了他的好奇心，隔兩天，《心靈捕手》被默默拷貝進我家的影片匣。又一個沙發夜晚，我們這對接近七年之癢的夫妻一起看了這部青春少年片。小班只是配角，Matt Damon 才是主角，他演的 Will 理該是頭受傷的小牛，卻是襯衫太老，頭髮太齊，時尚滾動的浪潮有這麼快？我們以前打扮有這麼蠢？不過，恐怕也是隔了這麼些時間，後見之明，我好訝異發現這部片子裡的每個人後來都有了故事。

當初誰會料到小班與 Matt Damon 因爲這部片一路向前衝，Elliott Smith 會因爲這部片唱上奧斯卡舞台。話說回來，他們爲什麼找上 Elliott Smith？直到片尾我才聽見他的聲音，太低太低了，我回憶起第一次聽到 Elliott Smith 的夜晚，那時的吉兒，我們的海岸公路，一直開，一直開……

In memory of Allen Ginsberg & William S. Burrouhgs

畫面跑出這樣一行字。我腦袋像被敲了一記，說是茅塞頓開也不爲過。

那是整部電影即將收幕前的最後畫面，在這之前，Will 開著朋友送的生日禮物：一輛紅身白頂拼裝車，沿著霧色公路，直向前開，鏡頭定格，Elliott Smith 一直唱，演員、技術人員名單一直跑，當年的我，大概是提早離場，並沒有看到最後這一行獻詞。

Allen Ginsberg: I saw the best minds of my generation destroyed by madness.

這話吉兒說過了。

William S Burrouhgs: Midtown Manhattan, 1965，一張攝影作品，畫面中央，正是一輛紅身白頂拼裝車。

時間讓我恍然大悟。這是魔鬼藏在細節裡？還是留給未來同路人的密碼？紀念。每一代總有人往後留下點什麼背影，每一代也總有人需要朝前找一找，有沒有人那樣活過？需要一些回音，一些相伴，然後振作，繼續往前走。

現在，二〇一四年，那輛拼裝車還在開嗎？開到哪裡了？小班與 Matt

Damon 後來發光發熱，《亞果》拿下好幾個電影大獎，Elliott Smith 去世一晃也十年了。

我慎重其事寫了封電郵，把這個發現告訴吉兒。

她的回信很快就來，沒有字，只附個影片檔：Nirvana 入選搖滾名人堂，上台的每個人都提到了 Kurt Cobain，他已離世二十年，主持人開場白這樣說：

> 藝術家提供了想法、觀點，幫助我們看清自己是誰，將我們喚醒，激發我們的潛能，它使我們每個人都更清楚地看清了自己。它是先驅性的，它站在未來看著我們，朝我們說：來吧，來吧。

小學生對我揮揮手，那是貝貝，她上小學一年級了，開始認識字，世界開始以另一種方式向她展開，在那條指向未來的路上，未必事事和我相同、我也未必能事事保護她。親愛的貝貝，長大，妳得花一生去學這個字。

老榕樹的鬍鬚在風中搖曳，樹身依舊有螞蟻在爬，我站著看了一會，聽見鐘聲響，轉身走回車上。

全美戲院，吉兒買好了票等我。我們的早場電影，雖然是《Before Midnight》。

又是九年，親愛的 Jesse & Celine，生命從破曉到日落，來到午夜。

說不上好，說不上壞，但就是有些答案來到我們心中。這個系列電影是在爲我們這一代人譜曲嗎？十八年，我的二十二歲到四十歲，大學畢業到中年門檻，我們的天眞與追尋，都被留影下來。《Before Midnight》的爭執，我如此熟悉，那樣的歇斯底里、育兒疲憊，我也曾對棒球男叫喊過。三部電影用了同一對主角，台下的我們，身邊卻是三個不同的人。

棒球男開車，小艾和貝貝，放暑假了，兩個一起長大的孩子，可慶幸都還惦記著對方，我們也記得她們幼時出遊留下的快樂，棒球男把王菲的〈紅豆〉找出來，讓兩個小女孩一起又唱又喊：

> 有時候，有時候，我會相信一切有盡頭，相聚離開，都有時候，沒有什麼

會永垂不朽。
可是我，有時候，寧願選擇留戀不放手，等到風景都看透，也許你會陪我看細水長流。

從三、四歲的五音不全，到如今，唱出了那麼一絲少女氣息，七、八歲的孩子，開始懂一點人情世故，偶爾露出疑惑的神情，但多數時光，還是好純眞，好快樂。

同樣坐在後座的吉兒忽然敲敲我的肩膀，把手機遞給我。

我接過來，螢幕是戴著紅色小丑鼻的 Robin Williams。

又一個人把自己結束掉了。

孩子們不會知道什麼叫自殺，車停了便往遊戲場奔去。

這是吉兒家附近的公園，在這裡，第一次見到小艾，我挺著六個月的肚子，說什麼文青呢，嬰兒與孕婦服裝能有什麼品味，吉兒也是蓬首垢面，孕期的脂肪還掛在身上。在這裡，小艾與貝貝從蹺蹺板、搖搖馬，玩到溜滑梯、盪鞦韆，身體快快長大，膽子也慢慢養大，現在，她們能玩攀岩、單槓，然後挑戰金字塔繩索，一步一踩，一層再上一層，終於，來到頂端，兩個孩子好開心朝我們喊叫：媽咪，媽咪，看我！看我！

嗨。吉兒忽然說：幾個月前妳不是看了《心靈捕手》，妳注意到研究室裡那張畫嗎？

研究室？妳很久沒提電影了。

Robin Williams 的研究室。Will 第一次見面先發制人，對著牆上一張畫，講了一大堆屁話。

我想起來了。嗯，是很屁話，但聽起來挺帥的。

那張畫其實是那部片的導演畫的。

喔，連這妳都知道。就說妳也是怪胎。

妳注意到那是怎樣的一幅畫嗎？

我想了一陣子：海浪？風暴？

對，還有，一葉扁舟，一個人。

那又怎麼樣？

Robin Williams 的死訊，讓我想起那張畫。

我忽然打個冷顫。這片子也未免埋藏太多訊息了。

他人痛苦不干我的事，我也不見得理解他人的痛苦，但我還是哭了。

小班說 Robin Williams 有滿滿的愛。Elliott Smith 的朋友說，他是個溫暖幽默的傢伙。

Robin Williams 的笑容，多少次逗我們開心。搖滾樂裡那麼多人死了，但沒人像 Elliott Smith 這樣把刀插在胸口上。

我好煩。爲什麼一個接著一個？我對吉兒使性子：一個接著一個，妳看，大家連請安息三個字都懶得敲了，R.I.P.，這是做什麼？有意義，還有意義嗎？

吉兒抱抱我，拍拍我，彷彿在哄孩子。

我討厭我哭了，吉兒頸肩有淡淡的香味。我懷念 Robin Williams 的擁抱，在《心靈捕手》裡，他凝視渾身傷痕的刺蝟少年，一而再，再而三，堅定地說：這不是你的錯。

Robin Williams 和 Elliott Smith，這兩個人，現在碰頭了，他們還記得對方吧？一定記得的。他們可以來個擁抱嗎？

這。不。是。你。的。錯。

我抹開眼淚，鼓起勇氣對吉兒說：不要光安慰我，妳自己要 Fight，知道嗎？

吉兒微笑，笑得很淺。他們都死了。我們還要繼續活下去。

死去的人往往是走得太前面了。他們站在未來看著我們，朝我們說：來吧，來吧。

我看看吉兒，再看看孩子，她們分分秒秒都在生長，我得快一點，在清白的生命腐敗之前。

來吧，來吧。

來了，我們來了。

後記
時差

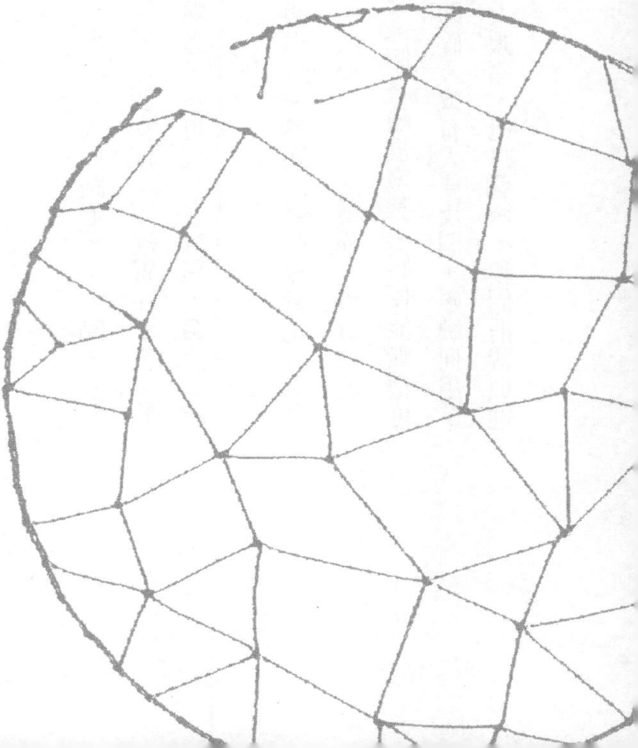

寫作是件有「時差」的事，從經驗演化到寫到書，階段之間，時光從未稍停，人生變成一本書呈現讀者眼前，作者已經遠遠離開了那本書。「後記」這種東西，大約是個調節時差的救濟之舉，給作品排個時序，或給創作背景做個解說，不過，有些書時差實在太大，要做解說也難，這本書，原是這樣的性質，本無後記之心。

是在本書進入編輯作業的二〇一五年末，偶然一天我路過華山光點，看見Amy Winehouse。雖然在小說〈文青之死〉提過這個女孩，可現實生活裡，我很少在台灣聽聞她的動靜。出於一種祕密的熟悉，我更改當下行程，鑽進影院裡去看這部紀錄片。

27 Clubs，Amy的一生，螢幕縮編爲兩個小時，不過，愈短愈清楚，生命至難不在毒癮，不在酒精，而是世間好矛盾，既要人眞心，然而，過分眞心又讓人活不下去。現實之於牛皮之人不算什麼，厚著臉皮鐵著心腸便能無傷度日，然而，對某些靈敏之心，與現實卻一觸即碎。或有人要反問，靈敏何用？是的，無用，日常生活，靈敏驚險的生命使人頭痛，但在藝術，我們消費似地朝靈敏之心挖寶，享用其精神的纖細與劇烈……

藝術有其奢華，也有殘酷，身處其中，各憑其命。Amy Winehouse 之死，物傷其類者想必聽得懂老前輩 Tony Bennett 在片末說的話：*Slow down, life teaches you how to live it if you live long enough.*

二〇〇〇年出版《島》之後，我沒有再出版短篇小說集。其間斷續寫些評論、散文、雜文，中長篇小說，至於短篇小說，一期一會，不那麼特意求寫，等到積足字數，竟然也就十來年過去。

倘若沿用前文所謂 Slow down，這本書，以時期言，可能就是我的 Slow down，或以我自己的語言，是減法。這本書裡的故事，寫得慢，離得遠，與其有我，毋寧無我，與其言愛，多爲不愛，是現實人生凌駕靈敏之心；我們得先學會活得夠久，才能等看生命要教給我們什麼。

回顧來看，我不能說這是完全正確之法，但之於我是一段打回學徒的苦修之路，在重重限制下琢磨自我，在反覆練習裡推敲「出師」的可能。這一段小說路，是嚴苛，是 Slow down，是減速，是消極，然而，奇妙的是，關於小說領悟，有其命運默默生長，十來年，我多少也領受魔幻時刻，逐漸感到輕，感到自由，可以加速，可以飛，甚而我寫出了 Fight 這個字。

書中各篇，曾初刊於報紙期刊（索引如後），不過，成書之際，字詞多所修訂，篇名亦有異動。至於書名，猶豫許久，以近作「文青之死」定名，乍看之下似無連結，想想又覺可通：九則故事，儘管角色、情節有異，但大抵是內在生命與現實相互牽制或漠視的故事，症狀表現爲錯誤的情感，志業的彷徨——多數文青人生正是在這兩者病去了大半。

如今文青當然不是個乾淨字，消費流行與裝腔作態使它討人厭，這本書回收此字，不是擁護，不在批判，而是想理一理文青這個字曾經乾淨的成分。是的，曾經，意味今已不存，初心已改，所以文青已老，已死——這些年，觀看同輩甚至較我年輕世代之文青變形記，不免有此感嘆，可我又偏偏不想放棄。棄我去者，昨日之日不可留，然而，亂我心者，今日之日就莫再多煩憂；文青成爲一個死字無妨，餘下來初心不改就請揮別脆弱惶惑的自我，然後，懷抱著那麼一點乾淨，繼續向前走吧。

回到 Amy Winehouse，可以說是 Amy 觸動我後記之心，我總對這樣的生命有著靈敏度，雖然我未必表現爲同樣的生命，面對他／她們的夭折，除了心生不忍，我亦擔憂餘生活成一張牛皮，幸而，如今我還寫著，依然明白那些靈敏坦率之心，依然被他／她們所打動，在比往昔更深的內心。

這個更深是生命一層而又一層演化所將抵達之處，人生果實的可能，然而，在那之前，道阻且長，時代愈來愈顯奇幻，後浪前浪，新人舊人，從不間斷沖刷上岸許許多多受傷的眞心，對那些飽受激擾，忍不住衝撞、叫喊的，我想說：Slow down；對那些被打擊、信心薄弱的，我想說：Get stronger.

道阻且長，讓我們一起繼續。

二〇一六年一月十日

索引

在幕間：一則偽評論或偽小說：《印刻文學生活誌》，二〇〇四年四月
暮色將至：《印刻文學生活誌》，二〇〇八年三月，九歌《九十七年小說選》暨年度小說獎
靜到突然：《短篇小說》，二〇一二年九月，九歌《一〇一年小說選》
天竺鼠：《印刻文學生活誌》，二〇一六年二月；部分文字曾以〈至理名言〉發表於《不如去流浪》，自轉星球文化創意事業有限公司，二〇〇六年十月
約會：《印刻文學生活誌》，二〇一三年二月
日正當中：《自由時報》，二〇〇二年十一月二十一～二十二日
遷徙：《聯合文學》，二〇〇一年五月
小原：《自由時報》，二〇〇六年八月七日
文青之死：A Fond Farewell：《印刻文學生活誌》，二〇一五年十一月

文學叢書 480

INK PUBLISHING

文青之死

作　　者　賴香吟
總 編 輯　初安民
責任編輯　陳健瑜
美術編輯　林麗華
校　　對　吳美滿　呂佳真　陳健瑜　賴香吟

發 行 人　張書銘
出　　版　INK 印刻文學生活雜誌出版股份有限公司
新北市中和區建一路 249 號 8 樓
電話：02-22281626
傳眞：02-22281598
e-mail：ink.book@msa.hinet.net
網　　址　舒讀網 http：//www.inksudu.com.tw

法律顧問　巨鼎博達法律事務所
施竣中律師
總 代 理　成陽出版股份有限公司
電話：03-3589000（代表號）
傳眞：03-3556521
郵政劃撥　19000691 成陽出版股份有限公司
印　　刷　海王印刷事業股份有限公司

港澳總經銷　泛華發行代理有限公司
地　　址　香港新界將軍澳工業邨駿昌街 7 號 2 樓
電　　話　(852) 2798 2220
傳　　眞　(852) 3181 3973
網　　址　www.gccd.com.hk

出版日期　2016 年 3 月　初版
2022 年 8 月 25 日　初版三刷
ISBN　978-986-387-084-5

定　價　290 元

國家圖書館出版品預行編目資料

文青之死 / 賴香吟 著；
--初版，--新北市：INK印刻文學，
2016.03　面；　公分（文學叢書；480）
ISBN 978-986-387-084-5（平裝）
857.63　　105000188